早什麼安啊！

才剛打卡就想回家，今天又是來混日子的一天

安成敏 Ahn Sungmin 著

早什麼安啊！

才剛打卡就想回家，今天又是來混日子的一天

安成敏 著

序

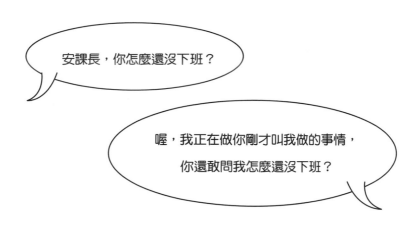

我說話的咬字不太清楚，所以想要跟組長說：「組長，我很想罵你」，但最後都會說成：「組長，我有件事想請教你」（註：兩者在韓文中發音相似）。當然，聽在別人耳裡不太容易分得出來……但我自己知道，剛才我說的不是「想請教」，而是「超想狂飆髒話」。

我們這組的實習生，有時候咬字也讓人覺得很傻眼，那是一位很懂禮數的實習生，下班的時候也超級有禮貌，經常會看著我的眼睛跟我說再見。「我先回去了，大家辛苦了」這樣一句話，聽在我耳裡卻變得不太好，為什麼我會聽成「我先回去了，你們這些狗崽子」呢？還有，為什麼每次我都是在

他看著我道別時，把這句話給聽錯呢？

韓國有上千萬的上班族，每天耗費一半以上的時間，為了生存這個高貴的目的，在職場這個地方虛度光陰，他們為什麼都從來不曾罵過彼此，相安無事呢？又不是在做製造機器人跆拳這種了不起的事情，只是在做一些普通的事，為什麼還是不得安寧呢……？是因為這樣嗎？明明進公司的時候聽說公司「就像個大家庭」，但真正到職之後，卻覺得這簡直是場災難，大部分的上班族都沒有什麼遠大、崇高的理想，只是為了賺錢才來上班的。當然，我存摺的餘額也一直是一場從沒結束的災難。

書店的自我啟發書籍區，架上有著各式各樣的書，而媒體也接連提起「辭職」這個字眼。當然，我也大概想過8300次，要像那些人一樣帥氣地丟下辭呈一走了之，不過不知是從什

麼時候開始，我已經不再去數這個次數了，我也知道不是我不遞辭呈，而是遞不了辭呈。

除了每個月都準時扣款的公寓貸款利息之外，看著孩子每天增加一點點重量的補習班背包，我就感覺到自己未來三十年應該都還是無法遞出辭呈。

但即便如此，我心中仍有一個夢想，那就是總有一天，要帥氣地把辭呈交出去。這種名叫「辭職心」的覺悟，難道不是每個韓國上班族必備的中心德目嗎？

十幾年來我換過幾間公司，那些時間看來並沒有白費，在職場上所遭遇的不合理、讓人拳頭硬的事情，寫成這本書都還有剩。而在這個「瘋子質量守恆定律」盛行的韓國職場，我竟也有了一套屬於自己的生存之道⋯⋯

本書是我十多年職場生活的總整理，當然偶爾會提供讀者一些充滿血淚的情報。舉例來說，像是「面對想揍他一拳的上司，還是可以應答的方法」「面對驕傲到眼睛長在頭頂上的員工，可以讓他的眼睛再長高一點的握手方法」「如何帥氣地對不合理、荒謬的事情視而不見」等，都是一些雖然不是很厲害，但卻非常實用的技巧，我想讀者應該會覺得這本書值回票價。其他的我是不知道，但至少可以保證，絕對能夠讓你痛快宣洩鬱悶的心情（與其以我的名義擔保，不如用「韓國的Kakao Brunch」上短時間內達成的數十萬點閱率，以及無數的留言來擔保吧）。

我不是全職作家，只是身兼上班族的兼職作家，說話實在沒辦法鞭辟入裡，所以才寫了篇這麼文雅的序，不過內容可是超級辛辣，大家可以期待一下。

說到這裡，結束辛苦的一天，甚至剛加完班的我，在下班的地鐵上發現，時間都這麼晚了，地鐵卻還是能看到人群熙來攘往的景象。

但……老實說，以人道的角度來看，這麼晚了還帶著整隻炸雞上地鐵，這應該是犯規的事情吧？

將這本書獻給總是有「大膽想法」的千萬上班族。
將這本書獻給憧憬他們，但卻無法掩飾「不安目光」的準上班族。
以及，將這本書獻給「守護著這些人的家人們」。
為你們獻上跟炸雞和啤酒一樣，充滿靈魂的祝福。

2019年春
於炸雞味撲鼻而來的地鐵車廂內

目錄

序

第一部.有什麼方法能在公司裡生存下來嗎？

第二部．上班族的絕望是怎麼累積起來的？

第三部.其實我們都很羨慕彼此

第四部. 自己一個人罵一罵怎麼樣？

第一部

有什麼方法能在公司裡生存下來嗎？

讓我們養成
拿多少錢做多少事的習慣

今天是發薪日。雖然這是間「如果爸媽的仇人說要到這間公司上班，我還是會秉持良心勸退對方」的公司，但我還是為了這該死的薪水撐到現在，就為了這區區的幾塊錢，我獻上自己的人生與健康。

每次拿到薪水我都有個疑問，每個月用各種名目從薪水中扣除的錢，到底是什麼？甲種勤勞所得稅、居民稅、健康保險、國民年金、勞動保險、所得稅等等，有各式各樣複雜的項目，使得薪資單上的這些錢，都還沒進到我的戶頭就被拿走。

只要是大韓民國的上班族，應該至少想過一百次，希望政府可以有個一兩次忘記或是沒扣到稅，但政府總是很仔細且小心地拿走這些稅金，然後又在年底報稅時把多扣的錢給退回來，這到底存什麼心眼？

總之，今天是發薪日。薪水要是遲發一天，我真的幾乎就要把放在口袋裡的辭呈遞出去。就這樣，我跟公司之間又再度有了一個月的緩刑期。

薪資單非常不親切地以電子郵件形式發送，十多年來我第一次仔細分析了它的內容。第一是甲勤稅，這傢伙吃掉我最多薪水，它到底是什麼東西？我毅然決然地將這幾個字輸入搜尋欄。「甲‧勤‧稅」，第一個搜尋結果如下：

「甲勤稅為對被分類在甲種勞動所得範圍內的所得項目課徵之稅金。」

啊，甲勤稅這個名詞，居然是用比它本人更難懂的字眼組合而成的……，我立刻放棄分析薪資單。雙手離開鍵盤，整個人向後仰，輕輕地閉上眼睛。朴代理看見我這副模樣，便一邊觀察部長的反應，一邊小聲跟我說：

「課長，你怎麼了？是在睡覺嗎？」

「沒有，我不是在休息，我只是拿多少錢做多少事，你也休息一下吧。」

#為了賺錢來上班
#但錢卻老是不夠
#這世界上肯定有什麼我不知道的東西存在

有什麼方法
能在公司裡生存下來嗎？

我實在不喜歡「○○種職場生存術」這種標題，因為肯定是大家都心知肚明的老套招式，而我只是不小心點錯，所以才看到這篇文章，我原本想看的，是下面那一篇「不讓同事看到我螢幕的方法」。

不小心看到這篇文章的時候，我還在想應該不會是我想的那樣，沒想到居然跟我的想法不謀而合。我並不是想要詆毀文章內容或是作者，只是想說文章內容跟我想的一樣，都是一些我絕對做不出來的行為。要我介紹（吐槽）這類文章主要提供的幾種職場生存術，那大概就是下面這樣：

1. 認真用功讀書

認真學習，找出新的東西來學習，多閱讀不同領域的書籍，然後養成整理這些知識的習慣，不要讓這些知識消失。

你仔細想想看，未來的職場生活大概還有二十五年，如果接下來二十五年都要用這種方式讀書……，那不如現在去重新讀小學，想辦法考進醫學院還比較好吧？

2. 筆記並記錄

這些文章通常都會說，只要好好做筆記，就可以在公司獲得成功。嗯，真的是這樣嗎？每一次開會，都會在公司的筆記上面留下不明畫作與塗鴉的我，難道真的有問題嗎？不過每次開會，一些對我個人現實生活很有幫助的想法都會一個個冒出來，這又是怎麼回事呢？

3. 糾正錯誤，並從中學習

文章內容會說，你必須一直去思考以後要怎麼修正自己的錯誤，還說必須要懂得面對自己的失誤。如果要一直過著這種接受指責、知錯能改的人生……，那應該要到快死的時候才能活得像個人吧。

不覺得乾脆放棄，帶著「這輩子就是改不了了」的想法，反而對精神健康比較有幫助嗎？

啊……好混亂，但既然對精神健康有害，就不要再深究了吧。

4. 培養溝通能力

文章說為了培養溝通能力，必須要聽得懂話、看得懂文章，培養邏輯思考的能力，所以平時就要練習寫作、發表。

唉唷，我又沒有要去當什麼主播。看看我們公司的員工，很多人都只是為了接話而接話(？)，完全聽不懂他們在說些什麼……，培養溝通能力，認真的嗎？

總之，從這類文章的標準來看，我應該是個無法在公司生存的人，但還好我很早就知道這件事。不久前一個彷彿像是被公司資遣的離職員工，曾經寄過一封這樣的信給全公司：

「我為了成為公司的一分子，努力掙扎了幾十年，但爬到這個位置之後，卻不知道未來該做些什麼才好。漫無目的地虛度了三十年的光陰，完全不知道過去三十年是什麼滋味……。」

也因此我更確信，比起至少要花三十年的時間力爭上游，才能成為公司高層，不如做自己想做的會讓人生更美好。

拜託，而且老實說，我要做到什麼時候才有辦法爬到那位置啊？如果我真的有辦法做到這一點，那還會在這裡上班嗎？嘖嘖。

#記錄 #學習 #反省 #溝通能力 #細節
#要是這些我都會那我還在這裡幹嘛！

挑戰
「盡可能地不要挑戰任何事」

大家都在盤算。雖然沒有表現出來，但腦袋裡肯定在打著什麼算盤。無聊的會議時間漸漸變成日常，開會有百分之九十的時間被組長用掉，被他一個人占用，當然這可能也是因為他真的很喜歡說話，而且除了他以外的人，也都不是很想說話。今天也一如既往，重複著類似的會議內容與流程。

果不其然，他開始說起什麼「新事業、新財源」之類的老套字眼，我已經聽到耳朵快要長繭，絕對不會完全把他的話聽進去。新的事業？我真的從來都沒想過。

這些話只會一直讓我想到「要怎麼做，才能把舊的東西包裝得看起來像新的」之類的把戲。

「新財源，新事業」，聽起來還不錯，我們當然很需要這些，但絕對不能隨便提一些草率的想法。因為公司要求的創新，必須先符合很多條件，就像買保險的時候，寫在保單背面密密麻麻跟螞蟻一樣小的條款；就像電視購物節目中，主持人像連珠炮般說出的那些聽不懂卻又不合理的條款。

第一，必須要能賺錢。要以什麼時候賺錢、怎麼賺錢、賺多少錢等資訊為依據提出一個數字。

第二，必須明確指出失敗時必須由誰來負責，但成功時隨之而來的報酬，則絕對不可以明確說出來。

最後，也是最重要的，那就是一定要成功，不能失敗。
只有三個條件，但卻是非常困難且不合理的條件。必須要滿足這三個條件的上班族……，根本就是「極限職業」。

是要錢還是要命？
慢慢想吧。

我們公司有一個像個少爺一樣，成天到處跑來跑去出點子的人，他這麼做已經不是一天兩天的事，我們這層樓的人早已

司空見慣，但卻沒有任何人喜歡他這麼做。

因為怕他隨便插個幾句話，所以大家都紛紛躲著他，但他卻可以絲毫不在意，大步大步地走到別的地方去，奇怪的是沒有任何主管制止他。

到職已經二十五年的他，比我們這一層樓職位最高的姜專務更資深，卻沒有負責任何重要職務，只是在某個部門從事文件確認、郵件用印等業務。

我試著回想這個人在我還是新人的時候，究竟是個怎樣的前輩。我現在所待的部門，其實是整間公司裡面業績最好的部門，而且這個部門還是在他擔任部長的時候成立的。

擔任新部門主管的他看起來所向無敵，無論面對怎樣的事業、怎樣的難關，總是正面迎戰，不斷創造超乎預期的成果。有一天，他被推去負責大家都推拒的東南亞事業，而這個計畫卻像是在嘲笑同事們的擔憂一樣，進行得非常順利，公司甚至多給了幾個職缺的名額，這位前輩又創造了新的傳奇。

後來卻因為突如其來的南亞大地震，使得這個事業受到致命影響。我們投資的設備工廠一夜之間消失，計畫就這樣突然宣告失敗，不僅沒有人鼓勵他，大家甚至開始指責他，這雖然是個規模龐大的計畫，但真正參與其中的人，也就只有這位部長，到處都有人要他負起責任。

就那一瞬間，第四棒打者雖然才揮擊第一次，但總教練卻立刻發出要他下來的訊號。更年輕、更有能力的新第四棒打者站上了打擊區。

拒絕「失敗」

人生是不斷的失敗，如果沒有失敗的經驗，絕對學不到成功的方法。「百聞不如一見」我們都耳熟能詳，也是大家普遍的認知，但只有公司不會經歷失敗，當然並不是絕對不失敗，而是每次都會把失敗的經驗給抹去，完全不留一點痕跡。

很多企業，很多高層都這麼説：
「我們必須經歷失敗，必須把失敗變成自己的資產。」

但在把失敗變成資產之前，那些失敗的人就必須負起責任，

辭職謝罪。即使以堅韌的生命力存活下來，也會被當成是「被淘汰的老人」。這樣還要變成自己的資產？誰能夠把失敗變成資產？

結果不好，或是計畫沒有成功等等，在職場這個不容許失敗的系統下，每一個上班族都親眼見證失敗者會面臨怎樣的命運。於是對上班族來說，「挑戰」就變成無論如何必須避免的字眼。

實在太老套了，還是換句臺詞吧。

「想要在不斷改變的市場上存活下來，最重要的就是全新的挑戰。」

這句話我今年聽了不下二十次。

是公司最高層，也就是最脫離現實的那群人掛在嘴上的口頭禪。而且這句話他們已經重複十幾年了。底下的人都變了，時間也過了這麼久，他們也應該要換點新鮮的臺詞，但這句話卻始終如一。換句臺詞對他們來說是個大挑戰，所以他們才這麼抗拒嗎？難道「挑戰」是一個這麼簡單、輕鬆的字眼嗎？

與他們背道而馳，上班族總是在挑戰「盡可能地不要去挑戰」，他們會不會只是在「與時間的孤獨對抗」而已呢？

#開會時間
#如果煩惱要不要說出自己的意見
#那絕對不要說才是正解
#說出來就變成你的事

早什麼安啊！才剛打卡就想回家，今天又是來混日子的一天

世界上
最沒用的三句話

1. 「我仔細想過了」

我用很短的時間以客觀的角度思考過,但覺得好像不該是這樣。朋友跟我說「我正在投資比特幣,我想試試看,雖然我仔細想過,但這也沒辦法很清楚解釋,總之一個比特幣是約八千元」的時候,當然我也可以對他提出一些很沒意義的問題,不過那時我什麼也沒問,因為正好我們點的辣炒章魚上桌了,於是我只有說:「聽說這家的炒章魚很好吃」。

那位朋友不久前才邀請我一起去抓章魚,然後買了一艘打發時間用的小船,我很酷地回說:「章魚幹嘛要自己抓來吃啊,買來吃就好啦」,然後跟他相約下次見面。

我今天也要加班，所以就在公司的地下餐廳點了份泡麵套餐，還另外加點了兩顆煎蛋，這真的是過度消費，但沒關係，因為加班的時候公司會付餐費。我以像在簽空白支票一樣的高貴姿態，熟練地在飯捲店櫃檯的部門加班帳本上，寫下泡麵套餐加煎蛋的價格，並簽上我的名字，就在這時，櫃臺阿姨頭上的電視傳來新聞主播的聲音：

「今天比特幣突破三十一萬元。」

如果那傢伙真的仔細想過，肯定會自己靜靜地買，怎麼可能會好心地跟我說這種投資的事呢？

2.「啊⋯⋯這個真的是祕密⋯⋯」

雖然我不知道這個祕密到底多有價值，但身邊總是會有一些人，一邊說著：「啊⋯⋯這個真的是祕密⋯⋯，」一邊開啟話匣子，並真心誠意地將祕密鉅細靡遺說給大家聽。同事中有一兩個這種人，讓我還蠻開心的，這些人真的很有用。

要利用這些人時，就需要用到很細膩的演技。首先是支支吾吾，然後只要再多補上一句話：「啊⋯⋯這個真的是祕密⋯⋯不，我下次再說吧。」然後對方肯定會咬我丟出去的

魚餌，百發百中屢試不爽，接著這個剛才還頂著一頭亂髮，帶著好像被誰惹怒的表情的人，很快就會像被邀請進入青瓦臺，甘願去打大蒜針讓自己恢復活力一樣活過來，眼睛變得非常有精神。「什麼？跟我說就好！」對方說出這句話的時候，眼神真的是清澈無比，接著你隨便說點什麼都好，畢竟對方只會注意你說的內容有多煽情、多八卦。這時候只要把自己想要散播出去的事情，變成幾個主要的關鍵字，讓對方可以做各式各樣的改編。

有天早上我意外早起，清晨就到公司上班，雖然明顯可以看到我坐在位置上在掏耳朵，但金代理跟許專員真的不知道有多急，竟然當場問對方「都沒人在吧」，然後帶著羞赧的表情說了幾句話，接著就來了個火熱的吻，最後就在我的推波助瀾之下，他們比我預期的更快結婚。不過據說不久之前，金代理喝得醉醺醺地，還一邊抱怨結婚生活是否都這麼辛苦。

3.「你不要覺得不開心」

這句話其實是在宣告：「我就是要說給現在開始覺得不開心的你聽，所以你就『看是要防禦還是要準備跟我吵，自己看著辦』。」這種人真的很壞，因為這句話根本就是大剌剌

告訴對方來吵架吧的意思。如果對方是在毫無防備的狀態下被挑釁，那別人可能還會覺得被挑釁的那方很無辜，但這種說法根本就是在說：「來，來打一場吧，你也趕快準備一下」，然後跟對方開戰，這就使得對方陷入「不能輸但也不能贏」的尷尬狀態，所以如果覺得會讓對方心情不好，不如乾脆不要說。

如果說世界的法則是供需平衡，那供需最不平衡的就是「你不要覺得不開心」這句話了，因為雖然世界上有很多人想要說這句話，但幾乎沒有人想要聽到別人說這句話。

「我仔細想過了……」

「啊……這真的是個祕密……」

「你不要覺得不開心，聽我說。」

只要不說這三句話，世界應該就會變得比較幸福吧？

對了，順帶一提，這篇文章只是「我仔細思考過」的內容，不是要寫給別人看的，是一篇「加密的文章」，如果有人覺得不舒服，那讀的時候「請不要覺得不開心」。

#不要誤會聽我說_就是髒話
#我說這話沒有惡意_就是有惡意
#我不是想要給你添麻煩_就是添麻煩

職業級獨食家

他今天也很困擾，進公司之後一直沒解決的煩惱，那就是
「找午餐飯友」。上班族唯一的自由時間就是午餐時間，但
諷刺的是，這段時間卻還是得承受另一種壓力。他一進公
司就很認真地傳訊息，11點，距離午餐時間只剩一小時的時
候，他甚至會開始害怕午餐時間的到來。

硬要說的話，其實午餐時間是法定的「休息時間」，大法院
對「休息」定義如下：

「在工作中途，勞工可以完全不接受雇主的指揮命令，讓勞
工自由使用的時間。」

但可惜的是，對大韓民國的上班族來說，午餐時間明顯不是
「休息時間」。

我是大家嘴上說的「職業級獨食家」，午餐時間就是自己吃飯，絕對不會有任何問題。大家都說獨自到家庭餐廳或烤肉店用餐，是獨食的最高境界，而我早就已經達到這個目標了。當然，有時候還是會覺得寂寞，我就跟某本暢銷書《雖然想一個人但又不想一個人》說的一樣，只是一個普通人，但我覺得寂寞是種普遍的感受，所以並不是太介意，不過他人針對這種情況恣意解釋、任意畫蛇添足，真的會讓我覺得很不愉快。

「你不去吃午餐嗎？」
「怎麼了，你不吃午餐嗎？」

就是有人明明也不怎麼在意，也沒有想要邀請我一起吃午餐，但卻還是要特地問個幾句。然後我就會冷漠地回答說：「對，我有點事，所以自己先吃了。」

聽到這個回答的人，肯定會這樣回：「欸，沒有人陪你吃的話，就跟我們一起吃」，或是「你是因為沒人陪你吃飯所以才這樣說吧？」聽了真的很不舒服也很不愉快。

我甚至聽隔壁組的組長說過這種話：

「你也努力跟同事好好相處嘛。」

雖然這話沒有錯，但卻不是他該說的話，至少我拒絕在公司聽任何人跟我說這種話。我進入這間公司的原因，跟必須要在這裡做的事情有很多，但「跟公司同事好好相處」並不是首要之務。在公司最重要的，是把自己負責的事做好並創造利潤，做出顯而易見的成果。聽到業績總是不見起色，只想在公司玩政治、搞人際關係的人說這種很讓人失望的話，我都很想立刻把腳上的襪子脫下來塞住他的嘴。

不久前我看到一篇新聞，寫說「每十個上班族就有一個喜歡在午餐時間獨自用餐」，我覺得這句話需要解釋成──「想要獨自用餐的上班族，當中只有百分之十的天選之人具備可以獨自用餐的條件。」

在辦公大樓林立的餐廳附近，一到午餐時間總是能看到這樣的光景：以部長為首，一群人跟著他無念無想地移動。**對韓國上班族來說，午餐時間根本就是另一種形式的「聚餐」吧？**很多上班族不僅每天都過著違反勞基法的生活，甚至還要承受無形的壓力。

與人來往跟依賴他人，是完全不同的兩件事。我看起來很可能是不與人來往，但無論何時何地，必要的話，或是遇到無法避免的情況時，我絕對可以把這件事做得很好，除此之外我也只是不想依賴他人而已。身為一個上班族，身為組織的一員，應該要觀察他人的反應，身段更加柔軟，追求與他人的和諧才對，但這並不代表我必須犧牲法律保障的休閒時間，也就是午餐時間，這是我絕對不想犧牲的時間。

我有時候會去弘大走走，在那經常可以看到獨自吃飯打發時間的學生，而且不光是學生，像我這種很多到弘大去喝一杯的大叔，也都是獨自打發時間，但奇怪的是，一回到職場上就會很害怕落單。在職場上要找我這種獨食者，簡直是大海撈針，甚至會讓人好奇他們究竟都躲到哪裡去了。

平時享受獨自生活的他們，為什麼一到職場上就無法獨自生存呢？

#不需要公司的關心與愛
#只需要薪水跟休假而已
#其他的就放下吧！

給自己的祕密假期

大家都會有想逃跑的時候。

我請了一天假，沒什麼特別的原因。組長發瘋不是一天兩天的事，顧客的壓力也已經司空見慣。雖然大家都說這是「像家一樣的公司」，但隨著解讀方式的不同，整句話就很可能會變成完全不同的意思。總之，我今天一早就非常不想上班，就像得了中二病的青春期少年一樣。

一如往常地起床，我躲在廁所打電話給部長。

「那個……我昨天因為胃痙攣送急診了，今天好像沒辦法上班……好……抱歉。好……抱歉。好……」

接著我梳洗乾淨離開洗手間，因為我想把休假用在自己身上。我像平常一樣，急忙地準備去上班，囫圇吞棗地將早餐吃完，給孩子一個親親之後離開了家。我並沒有別的規劃，不過走出家門之後我決定了兩件事，那就是「無後顧之憂地用錢」和「自由享受之前想做的事」。

穿著上班族的打扮、拿著公事包的我走出公寓玄關，心情很微妙，雖然還沒決定好要去哪裡，但我還是先往地鐵站走。

地鐵跟平時差不多，暖熱的空氣、面無表情的人們，接著我看了地鐵路線圖，想起之前曾在電臺裡聽到經理團路的事情，好吧，那就先去經理團路吧。我決定在那裡悠閒地享用一頓早午餐，一邊觀察街道一邊想接下來的行程。地鐵前進的方向跟平常無異，究竟過了多久呢？我聽見陌生的廣播：「下一站是○○○站」。下一站就是公司的所在地了，當地鐵廣播出站名時，我差點自動在那站下車，身體竟然記得這該死的習慣。列車駛離了辦公大樓林立的車站，地鐵車廂很快變得舒適，不久之後列車來到了綠莎坪站。

上午9點30分

經理團路人煙稀少。雖然我已經用智慧型手機確認過就是這

裡沒錯，但可能因為今天是平日，所以不僅沒有路人，甚至沒有店家開門營業。我走了多久呢？終於發現一間營業中的咖啡廳，是我們公司地下室那間咖啡廳的連鎖店。明明是休假，卻沒想到居然還是走進同一間咖啡廳，於是這個早晨就跟平常一樣，在同樣的咖啡廳，點了同樣的咖啡。

上午10點30分

我開始焦慮，接著開始物色下一個行程，之前曾因為外務的關係去了一趟汝矣島那裡的大型購物中心，可能因為當時是上午，所以購物中心看起來非常悠閒、乾淨，當時我曾想過「希望我也可以在早上，悠閒地來這樣的地方逛街購物」。好，就是汝矣島了，那裡有一座大型購物中心。

我急忙喝完咖啡，再次踏上旅程，焦急的我曾想過要不要搭計程車，但出門前自然做了上班族打扮的我，最後還是習慣性地選擇搭地鐵，地鐵上可以看到很多跑外務的上班族，他們坐在椅子上讀文件、確認簡報資料，看著他們，我突然有想快點結束休假回公司上班的想法。

上午11點30分

幸好購物中心很悠閒，環境乾淨整潔，也幾乎沒有客人，真

開心，我下定決心要為自己花一點錢。平常就連要買櫃檯前面，價值約六百元的襯衫都會猶豫不已，但今天我卻直接領了將近一萬元的現金出來。我悠閒地逛著賣場，可能因為這是位在金融中心的大型購物中心，所以商品給人的感覺更獨具特色。

下午12點

啊，我忽略了一件事，今天是平日，上班族成群結隊地⋯⋯不，他們如潮水般湧來。所有的餐廳都開始排隊。人群三三兩兩，幾乎沒有人像我一樣落單，餐廳不可能歡迎我這種一個人上門的客人，所以雖然肚子餓，但我還是決定先完成購物行程。皮鞋、T恤、電子用品等，我想買的東西到處都是，大部分的東西價格都在一萬元以內，但我卻沒有什麼想買的衝動，我想著「一萬元可以讓全家人一起到外面吃好多次飯⋯⋯」，接著突然看見不久前兒子在超市纏著我買的玩具，我想起他被罵哭的樣子，於是我決定下次再跟家人一起來購物。

下午1點

我在附近的便利商店吃了個晚午餐。平常出來跑外務時，我

也經常一個人在便利商店解決，沒什麼特別的原因，就只是特別想吃便利商店的便當。我習慣性地把飯塞進嘴裡，然後用智慧型手機開始找下一個行程。啊！小劇場！還沒結婚的時候，我經常和太太一起去小劇場。那是個光線昏暗、椅子窄小的空間，而我們也跟許許多多的情侶一樣經常造訪，但自己一個人去好像有點不太對，我覺得今天是專屬於我的日子，所以應該要去看個音樂劇才對。

我想起不久前在社群網站上看到的廣告，於是決定接下來要去光化門。上了地鐵後我便開始訂票，廣告明明就說一張票八百元，但看預售的座位標價，發現八百元的位置在二樓最角落。如果是自己要看的音樂劇，那我想至少該投資個五千元吧。一萬元還安然地躺在我的口袋裡，從汝矣島到光化門雖然不過七站，但其中有五站我都在煩惱到底該買哪個價位。

下午3點

最後我在過了光化門後的鐘路三街站下車，鐘路三街有才剛開幕的漫畫咖啡廳。兩小時費用是兩百元左右，而且還會送一杯咖啡，真的可以讓我放空一下。

漫畫咖啡廳有很多穿得跟我差不多的上班族，不知道他們是不是跟我一樣休假，還是以跑外務為藉口翹班來窩在這，我跟他們都打扮得光鮮亮麗，但實際上一個小時只能花兩百元。

如果用信用卡付款，太太應該會發現我跑來漫畫咖啡廳，所以我就用剛剛領出來的現金付帳，口袋裡還剩下九千八百元。

下午5點

離開漫畫咖啡廳之後，太陽已經下山，差不多到了下班時間，這時去搭地鐵到家的時間應該跟平常差不多。我再度拿出手機來搜尋，距離鐘路三街站三個地鐵站的地方，有一個很大的玩具批發賣場。於是我急忙搭上地鐵，到了玩具店之後，幸運地發現有兒子上次吵著要的玩具，價格大約一千元，那時候應該直接買給他的，讓他哭成這樣，真的覺得很不好意思。

我再次搭上地鐵，發現已經是真正的下班時間了。跟平時一樣擁擠的地鐵，讓我感到熟悉又開心。我看起來就跟剛下班沒什麼兩樣，但手上卻拿著兩個超大的玩具，真是有點尷

尬，我也想了一下「回家後該怎麼解釋才好」。

下午7點

我平安回到公寓一樓，口袋裡還剩下八千八百元，這時通訊軟體發出聲音，是公司的後輩。

「課長，你應該下班了，真不好意思，但昨天報告的文件被退回來了，明天您可能要早點來公司。」

看來這傢伙根本不知道我今天休假，也對，我想大家可能都很忙。

叮咚，我站在門前按下門鈴，我的休假就跟著門鈴聲一起正式告終。孩子看到我手上的玩具，露出了大大的笑容，太太則看著我微笑，沒有多問些什麼。

#我人生的主角就是我啊我
#但主角什麼時候才能幸福啊！

離職
是什麼流行嗎？

寫作這件事，其實壓力很大。

文字就像箭矢，出版成冊面世的時候，不知道會被別人以什麼樣的方式理解，但既然已經離開我的手，飛向遙遠的彼方，那就再也無法挽回。

一想到無論我的文章好壞，都會被他人看見、以無法挽回的方式被他人閱讀，我就實在沒辦法隨便寫出什麼文章。

最近閱讀書店的書籍或是網路文章，會發現很多書都在談

「離職」。當然，一般上班族的生活原本就很沉重，或許這就是很能引起共鳴的主題，或帶給人療癒感的處方簽，但閱讀這些好像在慫恿人離職的文章，我實在感到非常不舒服，這些文章都把離職講得好像是一種流行趨勢……

離職真的能解決上班族的所有問題嗎？而隨之而來的其他問題又該怎麼解決呢？

所以我才會發自肺腑地勸大家「不要太認真上班」，但不會不負責任地說要「離職」。

最近《巷弄食堂》這個節目很紅，這是成功的生意人白種元主廚主持的節目。他會以自己的經驗和專業為基礎，把秘訣傳授給他所選出的幾間餐廳老闆，以幫助這些餐廳獲得成功。

節目裡出現的餐廳很多元，有些是很好吃但生意不好，有些不好吃生意也不好，也有一些餐廳的老闆根本不知道該怎麼做生意。

白種元先生會配合他們的水準，提供量身打造的解決方案，

他的解決方案都很符合大眾的觀點，是很有人情味的提議。而聽從他這些提議的店家，也都會變成人氣餐廳，是一個立意良善的節目，但這同時也伴隨著危險。這些危險就是來自於沒能好好理解製作團隊的本意，任意以自己的方式來解讀這個節目的人。我身邊也有這種人，那就是我們部門的P課長。

簡單介紹一下P課長，他就是一個至今還不會使用EXCEL的人。用EXCEL可以五分鐘內解決的事，他卻可以敲著計算機花一個小時來處理，我想他可能覺得自己敲著計算機，煩惱這些數字的模樣很帥吧。

可惜的是，他的計算大約有百分之六十是錯的，無從得知從哪裡開始出錯的他，只能再次拿起計算機土法煉鋼，部長總是會提供他一些解決方案。

「不要這樣啦，去學EXCEL吧，沒人叫你學很難的技巧，只是要你學些基本的函數，學基本的就好。」

但他卻不輕易屈服，總是若無其事地反對部長的意見。

「欸，我們還是要踏實一點啦，人工計算比較實在。」

部長一副放棄了的樣子擺了擺手離開現場。

今天我們組員久違地聚在一起吃午餐，P課長在點餐之前，就以銳利的目光掃視了整間餐廳，然後開始自顧自地批評起這間餐廳來：

「啊，餐廳的翻桌率這樣不行啦。」
「食物的種類太多了，菜單要簡單一點，價格要低一些。」
「服務只有這樣嗎，嘖嘖。」

然後他會接著說，自己每一集《巷弄食堂》都有看，然後自顧自地說起他很有經營餐廳的資質，誇讚說幾乎已經是半個專家，一直說個不停。

「節目裡面啊，真的會出現一些讓人無言以對的人。我都覺得唉，我應該會比這個人更厲害，要不要我也乾脆辭職去開間餐廳好了？我應該可以讓餐廳變得超受歡迎……」

他就像是好不容易回到水中的魚一樣，生龍活虎地說個不

停，而且還把飯粒噴得到處都是。

我放在餐桌上的飯碗真的很危險。

我也偶爾會看《巷弄食堂》。不久前，一間在節目裡獲得白種元先生建議的餐廳被淘汰了。那間餐廳的老闆很我行我素，試吃團的所有人都給了他不合格，他活在自己的世界裡面，配合一般人的解決方案對他來說根本毫無意義。

《巷弄食堂》很危險。他們的立意其實是想要給自營業者一些自信，但卻非本意地讓部分的上班族有了想辭職的念頭。

\#巷弄食堂
\#我來做肯定會比他更好
\#離職的依據
\#離職的錯覺

「杯麵」和
「最合適」的刻度

加班時我偶爾會吃杯麵。今天也發生了很多意料之外的大小事，所以我早就預期需要加班，雖然已經過了下班時間，但還沒完成的工作就像一塊大石壓在心上，遇到這種時候，就連吃晚餐都讓人覺得麻煩。

我站在飲水機前面，往杯麵裡加熱水，雖然是很短暫的時間，但絕對不能把視線從杯麵上移開，因為如果熱水在眨眼之間超過杯中標示的刻度，那當天的晚餐可能就會變得平淡無味，但如果水放得比較少呢？吃太鹹當然是對身體不太好囉。雖然只是一瞬間，但各式各樣的雜念掃過我的腦海，接著我突然覺得，專注著在看水有沒有超過刻度的我，就像是「最近的我」面對生活的樣子。

那只是標記來參考用的一條線，但我卻把那當成是正確答案，努力去符合那個標準。

不要有自己的個性、培養出自己的個性、不要有自己的個性。

我的夢想是當位建築師，小時候偶然在書上看到的建築物，真的非常吸引我。那本書上說，建築師所需的能力當中，最重要的是「對美的感受與個性」。十多歲時夢想成為建築師的我，在努力鑽研其他科目的同時，也不想放棄「對美的感受與個性」，但我眼前有一道名叫大學入學考試的高牆，要追求「對美的感受與個性」實在不容易。國文、英文、數學等所謂的「主科」來勢洶洶，美術、音樂等科目都被當成是可以稍事喘息的休閒時間，或拿來自習的時間。有時候進度比較趕，這些科目也容易被借來補國英數的進度。從這情況來看，對韓國高中生來說，要培養美的感受與個性根本是吃飽撐著才會去做的事。

最終，我的個性與好奇心都沒有被滿足，而對建築師這個職業的熱情也漸漸被遺忘。後來我就只能以成績單上的結果，被動的決定自己未來的出路，跟著某人的建議和勸諫選了

「文組」，然後再配合大考的成績，選擇了比較知名的學系。

大學入學那天，我覺得自己失去了方向，非常混亂。校長站在高高的講臺上，對著剛從高中畢業的我們所說的第一句話，就是「要找出自己的個性」，我記得很清楚。整整十二年的漫長時間，我們都聽師長說要「抹滅自己的個性」，絲毫不知道究竟該怎麼尋找所謂個性這個東西，現在卻要我們去尋找它。我的青少年時期從來不曾有過個性，也從來沒學過尋找這東西的方法，用這種方式把我養大，然後才要我去尋找個性？

不過我很快就發現校長只是說說而已，接下來的四年大學生活，也只是形式跟高中有一點差異的校園生活罷了，本質上還是必須配合特定的規範，過著完全沒有個性的人生。

人生真的很無辜。時光飛逝，當我們大四要畢業時，在準備就業的同時又再度陷入混亂。我又再次聽見大學入學典禮上，讓我頓失方向的「請展現你的個性」，為了通過這個如針孔般窄小的就業大門，我們奮不顧身地累積各種經歷，現在終於有了經歷，卻發現這只是基本中的基本。我們還必須

在這個叫做經歷的基礎之上，加入「屬於自己的個性與故事」，才有辦法通過那道門。就這樣，我絞盡腦汁地找出自己根本沒有的個性，在格式一模一樣的自我介紹空欄上，開始寫起「自傳小說」。

於是我三十多年的人生，就得濃縮在經過他人規範、格式固定的一張履歷表與自我介紹裡，然後再拿去給他人評斷。

平凡，不出色但也不差

「普通人」標籤，最適合過著普通上班族生活的我，當然這個標籤並不是我真正想要的東西，不過亦步亦趨地跟著社會指示的路走到今天的我，最終成了一個普通的上班族。雖然曾經期待職場可以把我培養成專才，但我卻慢慢成為一個平凡的通才，我正成為一個普通的存在。普通這個字眼是「跟其他的個體比較時，既不出色但也不會太差，經常能在身邊看到」的意思，就像我們的人生。

以一個普通人的身分生活，有時候會做些沒用的思考。「我的夢想是什麼？」「我以後想做的事情是什麼？」但這些都沒有意義。因為事到如今，去煩惱自己擅長什麼、想把什麼做好之類的事，實在是太困難了。即使盡力要去回想人生的

苦難與逆境，普通人也都只會想到考試、競爭與分數而已。因為我們的人生並沒有什麼精采的經歷，所以即使去思考這些事，說出來的內容也無法跳脫一定的範圍。於是我就這樣以普通人的身分，感激地度過每一天。

最佳刻度

我今天也理所當然的，把水加到剛剛好符合杯麵中所標示的高度，但卻有一種白費功夫的感覺。雖然上面寫著為了最佳風味，倒入水之後應該要等四分鐘，但今天我並沒有遵循這個建議，這或許是因為想透過這種方式，來一解非自願加班的怒火。

沒有遵守四分鐘這個黃金準則的泡麵麵體，吃起來「沒有完全泡開卻有著莫名的美味」，不過放久了之後，我卻發現麵體漸漸泡到軟硬適中的程度，反而比之前的杯麵還要美味。

那之前遵守的黃金準則，到底是誰的黃金準則？

#吃杯麵的方法
#我只要泡兩分鐘
#每個人的黃金準則都不一樣
#沒有正確答案

我的精力
只用在重要的地方

最近我迷上一部戲，內容是為了把小孩送進首爾大學醫學院，一群人孤軍奮鬥的故事。我本來很少看連續劇，但卻莫名投入這部戲，原因只有一個，就是那些豪門的小孩沒辦法隨心所欲地生活。看這部戲的時候，我會產生一種該說是被害意識的感覺嗎？總之，這些小孩即使沒有上首爾大學醫學院，而是進了所謂「雜牌大學」，未來也應該會成為一個普通的房東。

開始上班之後，我偶爾會想「這麼辛苦地進大學、累積經歷可以幹嘛，反正最後都是要當上班族」，還有「早知道會這樣，我乾脆就去學一點只有自己會的技術」。讀了十幾年的書，學到的東西卻沒有一樣能在執行公司業務時派上用場。而且最悲哀的是，雖然之後又再工作了十幾年，但卻完全沒有學到任何新的東西，難道我這輩子就這樣一事無成嗎？

雖然完成了這份文件

過了十多年的職場生活，我一直持續在做的有兩件事情：「到公司上班」以及「製作文件」。再說詳細一點，就是「硬逼自己上班，然後為了報告製作文件」。

書店裡有職場、待人處事這些櫃位，其中很大一部分的書，都是跟「製作文件」有關。對上班族來說，文件是一個綜合呈現個人業務成果的重要方法。即使是做一樣的事情，都還是可能因為一份文件而獲得不同的評價，個人的名聲也可能因此不同，也因此努力做出一份好的文件，是所有上班族的共同課題。

但這經常讓人感到自責，尤其是在煩惱如何做出一份好文件時更是如此。書店裡與製作文件有關的書，大多是教大家做「看起來煞有其事的文件」。不是內容要怎麼寫會更一目暸然、句子的結構應該是什麼樣子，而是該怎麼做才能把空洞的報告內容粉飾得看似充實、要怎麼做才能騙過那些拿到報告的人等等。

確實是值得這麼做，畢竟我們一直在做的這些文件，其目的不是要運用，而是要拿來向上級報告。

社會上若發生大型事故，新聞經常會提及面對該種事故的行動守則。新聞會說沒有依照守則來做事，或是這些守則根本不實用等等，藉此批判這是執行單位的業務過失。我不喜歡看這種新聞，看到新聞畫面我總是會想：

「這是當然的，照實來做根本做不成，因為這樣就沒辦法向上面報告。」

「要怎麼照守則來執行？那東西根本不像話！」

「那都是瞎說的啦，根本做不到那樣。要是真照那文件來執行，那根本一棟大樓也蓋不成。」

我也像臺自動販賣機一樣，每天都會產出五、六份文件，但報告結束後，卻沒一份文件是真的能夠拿來執行。通常報告本身只是一種形式，或者說是為了虛應故事而刻意編出這份文件的情況占大多數，所以行動守則當然一點也不現實。

不要太浪費力氣

其實會這樣說，也是因為我曾在書店買過一本書，上頭的文案寫著「一定會被稱讚的文件撰寫秘訣」，當然我並不是刻

意買的，而是回過神來發現我已經結帳了。

書裡提供給讀者報告的格式、內容結構等許多資訊，但每一個要點最後的結論，都是必須要事先掌握好收到報告的人當下的心情與狀態，也因為這本書，我最近都能順利地完成報告，我並沒有把精力浪費在不必要的地方。

現在我決定，要把精力用在真正重要的地方。

今天晚上是播連續劇的日子，如果想保持清醒來看連續劇，白天就必須要保留一些精力。今天必須要交出季度報告，反正這也會是份不斷吹牛、充滿謊言的報告，我決定隨便做做就好。有社長跟全體員工共同參與，一年不過只有四次的季度報告，真的一點都不重要……，我決定不把精力浪費在不必要的事情上。

#爸不要這樣快點給我
#像是藏起來的大樓或是土地之類的
#我知道你是怕我有錢之後就學壞
#我可不是*藝瑞好嗎？

*編按：韓劇《天空之城》女主角劇中的名字。

想讓自己看起來
很酷的幹話王

酷：因為不太在乎別人，所以不會去管別人的意見或想法，
但其實心裡非常渴望他人的關注與關愛。

「沒關係，你不要擔心，就說吧，我這個人很酷的。」

這是組長的主要工作，總是把自己很酷這句話掛在嘴邊，但
他說自己酷其實是在騙人。因為當他說自己很酷，甚至表現
出很酷的樣子時，如果大家沒什麼反應，他就會立刻不高
興。他真的知道酷是什麼意思嗎？欸，為什麼他會希望自己
看起來很酷呢？

除了這種滿口說自己「很酷」的人之外，我還沒看過真的很酷的人。通常都是希望自己看起來很酷，再不然就是必須要成為很酷的人，只有這兩種不是嗎？

雖然接受了協商教育

在公司，每年都必須要接受一定時數的必要職務教育訓練。一直以來，這種接受外來人士提供的教育訓練，我通常都是背對著大螢幕來打發時間。如果是要到外面去上課，那工作就會因此拖延，加班也就無法避免。不過這次一定要接受外部的教育訓練，因為這是我一定要上的課，這個課程就是「協商」。我的工作經常需要與人接觸，所以協商能力對我來說不可或缺，也因此公司很爽快地答應我去上這個為期三天的課程。

但老實說，我並不是為了提升工作能力而去上課。當時我為了擺脫煩人的租屋問題，每到週末就跟太太一起跑不動產，但總覺得主導權都握在狡猾的不動產老闆們手上，當時覺得不能再這樣下去，正好發現了有一堂協商教育的課程，而我也面臨一生一次最重要的協商機會，實在非常需要協商教育。

三天的協商教育課程順利結束了，我學了很多理論，也做了很多次模擬協商，但課程結束之後，回家的路上我一直覺得哪裡怪怪的，我究竟學了什麼？

公司總是打造出「很酷」的人

我常會在公司說一句話：

「我又寫了一篇令人驚豔的小說。」

在報告滿天飛的職場上，擅長寫小說是非常重要的能力，而幸好我具備這樣的能力。即使是同樣的報告內容，也會因為主詞、受詞或句子的排列順序不同，而看起來煥然一新，還可以配合報告對象的喜好，讓分量像橡皮筋一樣伸縮自如，接著再經過同組後輩的巧手，讓整份報告看起來更加美觀，就完成了一篇令人驚豔的小說。我就這樣完成了一篇小說，帶著超酷的表情關上電腦螢幕上的視窗。雖然是完成了，但我意興闌珊，畢竟這對我來說就像個機械式的動作。

「我很酷。」

仔細想想，我也常會說這句話。我是從什麼時候開始，變成一個很酷的人？我說自己很酷，其實是代表因為我不關心對

方，所以對方無論發表什麼意見，我都可以不在乎的意思，那不是「傾聽」，只是「聽」。我以前還覺得自己是個內心頗溫暖的人，但不知從什麼時候開始，卻成了個「很酷」的人？是不知不覺間學會的嗎？是當我領悟到職場這個地方，就是個不酷便難以生存的地方時開始的。不光是我，只要是經歷過善意變成背叛，回過頭來攻擊自己的人，應該都會變得很酷。

沒錯，協商課程教我的，其實就是我已經在公司使用的技巧：「讓自己變成很酷的幹話王。」難怪我就在想怎麼沒有發揮人性光輝，彼此互補的協商技巧，也是因為這樣才讓我覺得哪裡怪怪的。

想爬上可以不必裝酷的位置

我把手放在胸前，回顧了一下自己。我問自己「我是怎麼看到謊言與酷這兩件事的」，心告訴我說「那不是你該走的方向」。接著我問「那我該怎麼做才好」，卻只能得到一個讓自己滿意的答案，那就是我必須更快爬上更高的位置，在那裡可以不必說謊，也可以不必裝酷，成為一個只需要下指令的獵食者。

每個月初，全公司的人都會聚在一起開月例大會，當然是高層先開始致詞，感覺就像小學時的朝會。

「我工作了三十年，從來沒有一天忘記我對公司的愛，現在也是一樣……」

靠，居然要在這種場合說謊！

謠傳說他為了領更高的月薪，正在跟我們的競爭對手秘密協商，沒想到他竟然在月例大會時說出這麼令人震驚的謊，這也使我再度陷入混亂。

#開始上班之後越來越擅長的事
#專業Ｘ
#第二外語Ｘ
#溝通能力Ｘ
#模仿長官說話Ｏ
#面不改色說謊的能力Ｏ

將這篇文章
獻給致命的你

送舊迎新這個成語,就是送走舊的一年,迎接新一年的意思,也因為這該死的送舊迎新,全大韓民國的上班族一月都過得非常忙碌。

我們必須送走去年的東西,準備迎接新的事物,也因此去年十二月我接的訂單,在短短一個月之內就成了過去的業務,即便那是個長達一年的計畫,我還是得在短短一個月內整理出業務改善事項,為了讓接下來十個月的計畫能夠成功,我必須要受這些苦,但也因為我們在一個月之內轉眼進入新年,所以也沒辦法掌握今年的業績狀況,真是該死。

我們公司一到一月就會進行「新年業務報告」，是向全體員工，報告新的一年要進行怎樣的新事業、如何執行等事項的報告。幾個星期前還是去年，我們還在尾牙上下定決心要更認真、更有效率地工作，但一到了新年就開始做這些沒用的業務報告資料，那些決心也跟著消失殆盡。

去年我們部門的業績刷新歷史紀錄，超越以往，達成看似不可能的目標，獲利自然也超乎預期，年度優秀員工獎也由我們部門獲得，可說是豐收的一年。而這樣的豐收，也不過是幾天前年終儀式才宣布的事情，但就在幾天之後，我們就得再次開始煩惱明年的作物該怎麼栽種。

應該不可能說「像去年一樣播種、像去年一樣認真耕作、像去年一樣提高業績」吧？拜託，不過幾天前，我們才好不容易找到如何把工作做好這一題的答案，為什麼現在又發了一張新的考卷下來？

新年一開始就要寫小說，製作一些報告過一次之後就不會有人再看的資料，新年一開始，竟然就要為了這種徒勞無功的事情加班。獲選為第一棒打者的某位倒楣部長，咻咻咻很快地就出來了，所有部長都圍在他身邊，七嘴八舌地問起哪裡

有問題、要提到那些字眼比較好等等，並把各自的錯誤筆記下來。看來我們之前設定的方向似乎有誤。我們只好從頭開始寫小說，報告日期跟時間都沒有意義，因為不知道什麼時候會被叫到，所以全體人員都只能待命。

終於輪到我們部門報告業務了。全部門的人一起進去跟高層面對面，雖然這氣氛感覺像是人數旗鼓相當的兩群人要鬥毆，但其實是我們單方面挨打。

第一拳是對市場的分析不足。我們幾乎把所有的方案，都集中在30～50歲這個主要客群身上，但還是被評為分析不足。有個主管說我們的分析結果漏掉了性別限制，但他難道不知道，這個產品從一開始就是以男性顧客為目標客群所開發的嗎？因為這是個必須單方面挨打的場合，所以我們也只能以「是，之後我們會再補上」等固定的說詞回應。他臉上露出了笑容，彷彿覺得自己打出了致命一擊，這真的很致命。

第二拳則是高潮。近來社會各界都很看重社會貢獻，也就是所謂的CSR。效益固然很重要，但這項事業能對社會做出什麼貢獻，也是我們要思考的課題。唉，兩星期前的年末結算時，這傢伙不是還在說什麼反正只要賺到錢就好，做什麼都

行，只要能夠達到業績就好不是嗎？這簡直就是原本要我專心讀國英數，我好不容易努力提高成績，但現在突然又拿美術成績來跟我吵嘛，看著我們部門的人支支吾吾，他噗哧地笑了出來，那表情真的很致命。

幾經波折之後，所有部門的報告終於都結束了。幾天後，代表理事寄出一封回饋郵件，這相當於是業務報告的回應，但與其說是意見回饋，更像是寄給全體員工的通知信。那封以標楷體寫成的信，盡是些嘮叨沒用的廢話，沒有任何人認真把信讀完，大家都是直接拉到最後，只讀最後一句話。

「今年全公司的業績成長目標是百分之八，問題就在業務的第一線，而答案就在各位身上，希望今年大家也能全力以赴。」

既然已經決定好業績成長目標是百分之八，那到底為什麼要我們做這些報告？乾脆就取消業務報告，要我們從一月開始努力，這樣搞不好還能夠達到成長目標百分之十呢。

但他畢竟是代表理事，還是有些與眾不同的地方，他真的很能認清現實。

我們公司最大的問題，就在進行業務報告的現場，就在那個會議室裡，而那些人都不知道真正的答案是什麼，只有我們知道。

「好，好，我們知道了，就別管那麼多了吧。」我們會像去年一樣，自己努力把事情做好。

你們只要發薪水就好，然後謹言慎行。

#致命的代表
#長長的信只有最後兩句話是重點
#百分之八業績成長目標
#要我們更努力工作

拜託，千萬不要
讓我得腸胃炎

我偶然在網路上，讀到一篇文章叫做「上班族職級的真實意義」，那是一篇充滿詼諧與諷刺，不慍不火且分量適中，讓我感同身受的文章。

每次看到這種文章，我都會覺得韓國人真的很了不起，到底有什麼事情是韓國人辦不到的？可以很快做出成果、工作迅速、腦袋聰明、經常加班，即使事情不合理也能做得很好……，總之，無論好壞都能做得很好，換句話說就是個詼諧的民族。

實習生——最後會被掏空的人才。

專員——充滿想遞辭呈慾望的人，最後會因怨恨、氣憤、頭痛、牙齒痛、生理痛而離職！

主任——一輩子只會使喚人做事的人。

代理——幫忙處理也要挨罵，卡在中間代表處理工作，真的很該死。（代理總是夾在部長與社員之間而掃到颱風尾）

課長——很愛話當年勇的人。老愛用不標準的國語說：「我『辣時候』真的不是開玩笑的啊」。

部長——拜託請讓這傢伙得腸胃炎。

管理階層——公司用完即丟的臨時員工（不知何時會被裁掉）。

（出處：Facebook專頁「職場明日」，2016年8月17日）

我的職級大概是屬於課長的等級，現在的我與過去的我，全

都與上述完美吻合。還是專員時真的每天都有強烈的辭職慾望，當然我也因為這樣，真的在專員時期換了一次工作。當代理的時候真的成天埋頭苦幹，公司的代理甚至會聚在一起，嘲諷說：「公司要是少了我們應該無法運轉吧？」，新進員工放個屁都是代理要挨罵或是去幫忙，上面要是事情太多，後續的處理也都是代理要接手。難道代理實際上的意思就是代替別人做事嗎？但回想起來，就是應該在那時累積很多經驗，之後才能夠繼續往上爬吧。現在我開始有點擔心了，部長代表的意思竟然是「拜託請讓他得腸胃炎」。

我把這篇文章拿給太太看，她卻突然跟我討論起帶小孩的事，如果育兒有職級之分，那就會跟文章描述得很像。孩子剛出生時，我們完全不知道要怎麼應對，孩子搗亂、大鬧，我們永無止盡地善後，同時夫妻之間還會吵架，還要教訓不聽話的孩子等等。不知不覺間孩子上了小學，我們開始比較熟悉彼此，再次開始尋覓彼此的人生，太太說這樣的話，我們現在在育兒界應該是屬於代理或課長之類的職位吧。

聊了一下之後，我跟她說：「老婆，我現在在公司是課長。」

「喔……是喔，我知道你是課長，但不知道那大概是在哪個

層級。」

太太第一次對我的職級有了深刻的認識。

我想人生可能就是這樣吧，經歷了各種曲折離奇的事情，被弄得暈頭轉向，但同時也必須要努力振作。可能也是因為這樣，所以我無論是在職場還是家庭，都來到了課長的位置，但偶爾還是會羨慕電視裡出現的富三代，含著金湯匙出生可以不必經歷前面的痛苦，直接空降主管職。我得從現在開始認真運動，

希望絕對不要得腸胃炎。

#你的職級是什麼
#不管是什麼都沒什麼好炫耀
#孤單的等級#越往上越強烈

上班族只需要遇見好的「搭檔」，
其他都不需要

應該要有人阻止我的。

進公司第一年，更準確地說應該是在人資給我的勞動合約上
蓋章後約三個月左右，我短暫地喪失自我。

當時應該要有人來阻止我才對。

我們組的人也好，或是工作表現優異的前輩也罷。但那位前
輩卻有個致命的缺點，那就是他是公司內相當知名的「加班

專業戶（用來比喻經常加班的上班族）」。

觀察他的一天，會發現他就像無法在白天行動的吸血鬼一樣，在上班時間大刺刺地上網、抽菸，經常不在位置上。或是以無法持續專注在一件事情上的表情，不停地滾動滑鼠滾輪，就這樣度過一天，到了大家一一下班的時間，他才終於活過來變成一般上班族的樣子，看起來比白天更有精神，雙眼也充滿生氣，然後才正式開始工作。

也因此，我是個不幸的上班族，因為他就是我的搭檔。

韓國職場有「搭檔制」這樣的制度，就像在藝術領域要成為大師級的工匠一樣，職場上也有這種「師徒制教育」，所以無論公司規模大小，組織文化如何，這都是一定會存在的制度。我的結論是，上班族必須遇到一個好的「老手搭檔」。經歷幾個月這種扭曲的職場生活後，我很快去對公司的主管發火：「部長，我沒辦法跟白天不工作，只在晚上工作的搭檔一起做事。」

我竟然越過我的搭檔，直接對部長說了新進社員不能說的，甚至可能是被視為禁忌的事情。那一瞬間我感覺空氣凍結，

大家的視線全部都集中在我身上。短暫的靜默之後，我才了解到自己做錯了什麼，背上流下一顆冷汗的同時，我也終於恢復正常，但已經覆水難收了，我這種野蠻行為所造成的傳言，就像空氣一樣很自然地在公司裡擴散開來，那天之後，我就成了一尾既美味又有嚼勁的乾魷魚，瞬間變成大家嚼舌根時的最佳選擇。

從結論說起，這件事情最後有了一個充滿戲劇性的超現實好結局。其實大家都知道我的搭檔工作的方式很特別，而且他是個很大方的人，他很酷地跟我說：「欸，我哪有叫你加班啊？我本來就是這樣，你就在上班時做你的事情就好，不必管我」。而我也很好運地只聽到人家說我「最近的新人真的很誇張」，沒聽到人家罵我什麼「沒前途的傢伙（至少沒人在我面前這麼說）」。幸好過了一段時間之後，同事們對我的評價也是「沒有想像中那麼不可理喻，工作表現比想像中要好很多」。

雖然職場（尤其是加班）文化好像改變了……

大韓民國的職場文化確實是慢慢改變著，但只是改變而已，並不是往好的方向改變，還有很多待改善的地方，但大家對這種改變的認知，卻擴散地比想像中要快很多。

職場文化改變究竟是從哪裡開始的呢？我覺得這種改變是源自「創造成果的方法」。因為上班這件事的意義，其實在於創造「成果」，但現在創造成果的方法和過去大大不同。過去是要大家一起喊口號、所有人同心協力才能創造成果，但現在一個人就能夠達到公司所需的成績。事實上，馬克·祖克柏或賈伯斯等一個人所創造的成果與改變，其影響力遠大於任何集團所創造出的成績。而且創造成果的方法變得非常多元，現在已經不像過去，是可以只靠幾個勝利方程式或過往的經驗，來一決勝負的單純世界了，現代社會的答案實在太多，令人不知從何提示起，於是「過去的作法」便再也行不通。

忍不了一時，只想往自己臉上貼金的人

從結論來説，韓國職場工作文化的改變起因於「創造成果的方法」改變，但這時候就會有人要往自己臉上貼金了。總會有些人，擺出一副好像社會有這種改變，是他們放棄了自己理所當然的權利所致。

社會之所以會改變，並非有這些説話總以「想當年啊～」開頭，搞不清楚現在與過去的人，正是因為應該做出改變的那些人不思長進，現在的我們才會辛苦地促進社會改變。

如果你有一個一副自己非常大方，會對下屬說：「今天大家就不要在意我，早點下班吧」的上司，那就對他這樣說吧：

「我自己會看著辦啦！」

#來來大家現在下班吧！
#喂金專員不下班在幹嘛！
#嗯？你剛剛不是叫我做事嗎？
#有看到嗎？黃部長？

我現在看起來
很像在「刁難」人嗎？

「嘿！嘿！」

這是韓國國寶級動畫人物「多利」在使用超能力時會發出的聲音。只要「嘿！」一聲，再搭配一個動作，就能夠擊退壞人，解決所有難題。現實生活中也有這種人，當然他們不會像「多利」一樣發出「嘿！」的聲音，我說的是不管做什麼都只顧自己不顧別人的「買方」。

在牽扯到金錢、合約的商業生態中，自然會出現買賣雙方，

無論在什麼情況下，現實中都不可能存在對等的商業關係。也因此，大部分的上班族無論如何都會努力讓主導權握在自己手中。但即便如此，我卻總是擺脫不了當「賣方」的命運。

我們是從「合約」開始決定對彼此的稱呼，合約的內容是在規範誰要對那些問題負起怎樣的責任。因為懶得把彼此的姓名寫在那可怕的條款當中，所以合約的最一開始就寫好，以甲和乙來代替彼此，就因為這樣一行字，雙方的地位自然有了高低。

顧客：代表委託人、顧客等，韓國人通常以「甲」代稱。

我記得一個跟我合作了將近四年之久的第一位「甲」。雖然在跟他初次見面的那天，我們就藉著合約成為了甲和乙，但我覺得他其實是個不錯的人。年紀跟我相仿，也是個很合理的人，雖然是甲方但很有禮貌。老實說，與其說他是甲，我更覺得他像是商業合作夥伴。為了這樣的他，我竭盡全力地提供我以及公司所有的資源，於是我們得以一同成長。即使是為了我跟他，我也希望這個事業明年能夠繼續下去，而到了年底，我們的事業成果自然很好。

於是我們沒有經歷太多困難，又簽下了明年、後年的合約。無論合約的目的為何，或對方的意圖為何，至少我的所作所為都是出自「善意」。

如同我在職場累積資歷，他也在這段時間內有了一定的資歷，當我還是新人的時候，他已經成了代理。辦公室裡，他的椅子隨著時間的推移，位置也越來越後面，跟我的對話也越來越枯燥，合約條件越來越刁難，開始對我不利。雖然一直以來我們都一起成長，但現在他看起來好像只在乎自己的成長了。結束有點尷尬的第三年合作，我們好不容易要邁向第四年的合作關係時，他的姿態終究變了。

「我……看起來像在刁難你嗎？總之拜託你明天要完成！」

這是我第一次從他嘴裡聽到「刁難」這兩個字，當然，我確實感受到他變了。他開始經常提起我們的競爭對手，面對我當成禮物所提出的優秀事業成果，他也始終是一號表情。就這樣，我們的關係從「夥伴」變成了普通的「甲方」與「乙方」。

就像情侶準備分手一樣，我也開始慢慢準備跟他拆夥，當時

我也在找其他的事業合作夥伴，當然這還是有個決定性的契機。邁入第四年合作的第一天，他第一次說出「刁難」這個字眼之後，他就開始堂而皇之地使用這個字了。

不過我沒想到他會連「公司卡」都敢說出口。某天，他跟我說他們公司某部門的人，以甲方的身分去出差時，乙方提供了一張以自己公司名義申請的公司卡。他看到我慌張的表情，也顯得有些慌張，沉默一段時間之後，他補上一句話說「他只是把他們部長要求的事情原封不動地傳達給我而已」。

無論真相如何，過去的回憶與自尊都已經不復存在，我也不再那麼想挽留他了。當然，隔年我們不可能再續簽合約，我們最後還是分開了。

雖然不知道他為什麼會變成這樣，但我們有這樣的結局也是很自然的事。我想，或許從一開始我們的關係最後就是會演變成這樣也說不定。想跟他成為商業合作夥伴，難道是我太貪心了嗎？不，難道是我的錯嗎？是我太蠢。或許是我以為是善意而單方面做出的努力，把他變成了「甲」也說不定。剛踏入職場的第一年，他肯定不知道自己的超能力，但我

太早喚醒他那項能力了。我說的是當甲對乙做出「嘿」的手勢時，就會發揮作用的能力。是我不好，是我教會他使用「嘿」。

當然，就算不是我，應該也會有別人教他。

二次承包：用來指「乙」明明被「甲」指使去做事，但卻轉去指使「丙」做事的情況。

今天我們簽了新的合約，我偶爾也會成為合約中有利的那方，但當然不是「甲」，有利的地方只是下面還有個「丙」而已。我想起一個很悲傷的回憶，也因為這段不太愉快的回憶，我下定決心絕對不要成為對「丙」狐假虎威的「乙」，我再三下定決心，要以夥伴的身分，創造雙贏的局面。

ASAP：As soon as possible。這是甲應該具備的基本美德。

我的甲總是很自然地要我「ASAP」，我會說好，好，我知道了，然後把「ASAP」傳達給丙。丙會跟我說太緊迫了，要我再多給一點時間，但因為我實在沒什麼說話的餘地，便斷然拒絕。

掛斷電話之後，我總會小小聲地說「這些人啊……一對他們好，他們就以為自己真有那權利要求東要求西」。

你說我在刁難人家嗎？我沒有啊，我只是轉達甲的要求而已，怎麼會是我在刁難呢？

「嘿！」

#我拜託你一件事 #很簡單
#這個這樣弄那個那樣弄
#乾脆一開始就叫我全部都做
#難道有什麼我不知道的刁難補習班
嗎？

短跑選手的
長跑日記

我認為我並不是一個適合公司這個環境的人，這是我最近做出的結論，但即便做出這個結論也不會改變什麼。生活要繼續過下去，即使要辭職也不知道下一步要做什麼。而且老實說，公寓的貸款還有很多要還。

回顧我的人生，會發現我是個始終如一的人，不會給別人帶來什麼困擾，也很討厭受到別人的指責。不過我也不會去看別人的臉色，只是討厭別人任意使喚我而已，所以我會盡量減少自己被別人指責的機會。當然我也不想去指責別人，只是一直維

持著不冷不熱，甚至可以說有些冷漠的態度。

但我們不可能始終是一個人，那些無法避免，人生中不得不的團體生活仍舊要持續。我在團體這個藩籬當中，建立了一個屬於自己的藩籬，當別人對我下指示的時候，我便會用自己的藩籬劃出一道界線。

就這樣撐過了無數的團體生活，也沒有什麼不舒服的地方。畢竟回顧過往，那些無可避免的組織生活，總是會有到盡頭的一天。

這種違背我個人意願的組織生活，始於大學時期的ROTC。為了延後入伍，所以我就申請了ROTC，並且真的申請上了，那是我這輩子第一次經歷組織生活，而且還是像軍隊那種高壓生活，真的是一場災難。其中最痛苦的事情就是要在校內走路，我們在校內必須像軍人一樣維持正步，遇到前輩就必須大聲舉手敬禮，真討厭，超丟臉。我覺得這在清靜的校園中，根本可以說是一種擾民的行為，但不管怎麼想，我都無法打破這個框架，正確來說是打從一開始就沒有要打破這框架的想法，同時我也思考過該怎麼做才能夠擺脫這樣的監視。

我用自己存了很久的零用錢，偷偷為了前輩們而買了車，那是一部只要大約二～三萬元，能夠啟動上路本身就讓人感到十分驚訝的老車。那臺車的隔熱紙顏色很深，甚至可能影響到開車時的視線，但我卻用那臺車避開前輩的視線度過整整一年。

漸漸地我也成了別人的前輩，我把過去的惡習完整傳授給後輩，雖然多少有點想聽同學的話，不要當一個這樣的前輩，但最後還是沒能達成目標，因為我們不想這樣特立獨行。不過我成為前輩之後，一年內完全沒有指責過任何後輩，與其說是沒有指責，更應該說是我不在乎他們比較恰當，於是我為期兩年的組織生活就這樣平安結束了。

第二次的組織生活，當然就是入伍之後的事了。這是一個組織生活中各種不合理事項集大成的地方，我同樣建立起自己的藩籬、劃出了自己的界線。當時我想，只要撐三年就夠了，於是順應了那些只能束手無策的各種不合理現象，我曾經想過要怎麼做才能盡量讓自己不要太辛苦。

當時未婚的長官們，都一起住在一個叫幹部宿舍的地方，那是個只有三間房間的小公寓，大家各用一個房間，客廳跟廁所則是共用的，有點像是下宿。我能夠依靠的只有那裡，但我卻很

討厭那個地方，因為同住的長官一直干預我的私生活。他會冷不防地進我房間，也會任意把我的東西拿走，當然還會叫我打掃他的房間。

從那時候開始我就不回那個家了，而且我也有正當的理由，那就是想要好好體驗軍隊生活，想要跟士兵們過一樣的生活。我的食宿都在部隊裡的辦公室解決，其實也沒那麼痛苦，反正幹部宿舍本來就不是什麼真的很棒的地方。也因為這樣，我成了大家口中那個對軍隊事務懷抱熱情的長官。大家都很驚訝，居然有不回家，食宿都在部隊解決的長官！但其實我只是討厭回那個家而已。

就這樣過了半年左右，同住的前輩被調到其他部隊，更好運的是我成了這間三人宿舍中資歷最深的那一個，一直到那時候我才開始會回家，然後那天我把我的兩位同居人叫來，跟他們說：

「無論發生什麼事，我們在家都不要跟彼此說話。」我就這樣撐了三年，終於得以回歸社會。

然後現在已經過了十多年的職場生活。回顧過往，我發現無論

是學校、軍隊，或是任何組織，都有一個明確的終點。只要想辦法撐過那段時間，就可以前進下一個階段，但職場並非如此。即便知道總有一天，我會順從自己的渴望立刻辭職，但還是不知道盡頭在哪？

人生總是不斷催促著我，讓我不能耍任何把戲。在公司裡我的言行不會消失，會成為標籤一直跟在我身後。

只要犯下一次失誤，即使過了很久以後，這次失誤還是會在重要的時刻將我絆倒，就在這時候，跟我一起奮鬥的同事、我的後輩，都會超越我。

我一直是短跑選手，一直在練習如何使用哪些特定的肌肉，就可以讓自己在短時間內跑得不那麼辛苦，但不知不覺間比賽的項目變了，我原本只跑短跑，現在卻突然轉往長跑項目。因為之前一直都有在跑，所以先跑了再說，但我一直覺得哪裡不太對勁，好像哪裡不太平衡，因為某條肌肉出太多力而痛苦、某條肌肉明明還有力氣，卻不知道該怎麼使用，如果能練習的話該多好，只可惜我卻沒經過任何練習就直接上陣。

今天早上，我又拖著只有稍稍休息一下，疲勞尚未完全恢復的

身體出發前去公司，重新展開這已經持續十多年的長跑，因為不知道終點在哪裡，所以更讓人感到痛苦。

我突然在想：

「因為人家叫我跑所以我一直在跑，但我現在到底在往哪裡跑呢？我的目的地到底是哪裡呢？」

#最後做出我不適合公司這個結論
#但還是沒有改變什麼#公寓貸款

第二部

上班族的絕望是
怎麼累積起來的？

雖然沒能獲得升遷機會

我完全與升遷無緣。人事考核分數有達標、業績也超過標準，身邊的同事和前輩都已經事先恭喜我晉升，但最後的名單上卻沒有我的名字，真令人生氣。老實說，我覺得自己是開心得太早了。說得更清楚一點，就是一開始身邊的人都很替我開心，於是我也覺得應該會有這樣的機會，就自己開心了起來。得知升遷名單上沒有我的時候，我真的只有一個想法：

「啊，原來我在這間公司還不夠優秀。」

「不夠優秀」是我自己給自己的標準。我是個沒用的垃圾，是個薪水小偷，我的心情越來越消沉，腦海中只有「這麼丟臉，

以後要把臉往哪裡擺？」以及「要用什麼樣的臺詞來辭職，才會讓心情稍微好一點？」這兩個想法而已。

就這樣度過第一天。

第二天

總是要知道原因吧！於是我像跑大地遊戲一樣，一一去找管理高層理論。部長曰：「我不知道會這樣，明明就百分之百會升啊……」理事曰：「考慮到你們部門的狀況，你的分數雖然很高，但最後變成這樣也是沒辦法的事。」專務曰：「還早啦，明年一定會輪到你。你說你今年幾歲了？」

嘗試找了三個人理論，但卻沒有任何收穫，過程也非常無趣，我只覺得他們絲毫不在乎我的升遷，於是我開始責怪自己。是因為我在公司內部都不會經營關係，其他可能獲得升遷機會的人，一到年底肯定就會去追著主管們跑，事先打好關係，而我只相信自己的成績，所以才這麼掉以輕心等等，足以讓我責怪自己的原因多的是，我就這麼度過與升遷擦身而過的第二天。

第三天

本以為到了第三天，心情應該會好一些了，但我卻在不知不覺間對身邊的人無理取鬧了起來。真的不是我故意，但我一整天的表情都如槁木死灰。那是我們要去吃午餐，正在等電梯時發生的事。

電梯從上面的樓層下來，門打開的時候幾乎已經無法再塞人進去，雖然看起來像是完全沒有空位，但卻發生了一個奇蹟，電梯裡的人發現了我，所以就站得更裡面，試圖清出讓我能進去電梯的空間，看來是我發瘋的傳聞傳到樓上去了。我跟組員們一起去吃午餐時，我原本只是想坐在最旁邊，但回過神來才發現只有我一個人坐在這張桌子，同事們都不知道該怎麼辦，無法開口說「過來這邊」，只能互看對方的臉色。我的升遷失敗不僅影響到我，更對身邊的人造成不便。

我下定決心，明天真的要遞辭呈。

第四天

有個大膽的傢伙來跟我搭話，不知道是受到誰的指使，幾個人黏在我身邊七嘴八舌，尷尬地安慰著我。大家說的話都是老調重彈，像是什麼升得越快離職越快、以後大家都會升上去、這

次大部分的人都是靠關係升上去的等等，不用說我都會背。雖然是比沒有人安慰我要好，但也沒什麼幫助就是了，不過其中還是有個火上加油的人，那就是人事組長，他把我為什麼沒有升遷的原因一一告訴我。

像是各部門的狀況怎樣怎樣……，所以公司因為組織的關係會需要一個犧牲者等等。如果他是說因為我表現不好才沒有升遷，那我還會覺得比較開心。

接著我開始煩惱，辭呈信封外面該用漢字還是用韓文字來寫會比較好。

第五天

上班前我跟太太大吵一架，他說我因為錯過一次升遷機會，就帶著一副好像世界就要毀滅的表情，實在是太不懂事。

即使是很不懂事，但我還是帶著一副學生正處在叛逆期中二病的表情坐在辦公室裡。叩叩，一位前輩來跟我搭話，他是我們公司的名人，任何一間公司都會有一個這種角色，也就是俗稱萬年課長的姜課長。我剛進公司時他就是課長了，而錯過這次升遷的我，其實原本就是要從課長晉升為次長。

我在茶水間遇到他，因為沒什麼話好說的，所以非常尷尬。

他用慢吞吞的語氣說：

「升遷？那根本沒有意義，反正我們都是為了賺錢才來公司的啊。看看我！升遷雖然慢，但卻很享受公司生活不是嗎？升遷這種東西，管他的！」

他說話的時候，手指還一直在自己的耳朵、鼻孔挖來挖去，或許是因為這樣，我實在完全無法專心聽他說話。

「跟我同期進公司的人當中，有一個人很快就升上部長了，但我一點也不羨慕他，他才幾歲，居然就已經滿頭白髮，唉唷……」

「喔……是……是……」

我隨便應了幾聲，眼睛不知道該放在哪裡，只好盯著他肩膀上那些不知道究竟是什麼的白色粉末猛瞧。彷彿不太能理解我的意思，他的頭左右搖了搖，肩膀也因此有了比較劇烈的晃動，那不明的白色粉末卻越積越多。啊，拜託……但是他的演說卻

沒有要中斷的意思，究竟過了多久呢？一直到他差不多在說「最後的叮嚀」時，我才終於回過神來。

「這一個月內你一定要管理自己的形象，知道嗎？嗯？你現在不是若無其事地在工作嗎？這樣大家會說你是傻瓜，甚至看輕你！」

他的建議終於結束了，而我也不像剛才那樣敷衍，而是真心地向他道謝。他帶著充滿活力的表情走回辦公桌，他的背影彷彿再度叮嚀我，他真心地希望能幫上我。

我突然注意到他那條已經過時好久，看起來皺巴巴的寬西裝褲，與他擦身而過的人，都為了不要碰到他而貼著牆壁走。

萬年課長姜課長的建議，應該說是他讓我看到的行為與樣貌，真的很有幫助，這個時間點真是棒透了。老實說，我一直不知道在錯失升遷機會之後，該怎麼繼續職場生活，現在好像找到答案了。

我回到辦公室，稍微整理了自己的服裝儀容，笑著走進去，就像平常一樣，若無其事地做自己該做的事。部員們看到這樣的

我，又開始交頭接耳。觀察了一下部長的臉色，發現他好像比昨天更在意我的狀況，為了讓他安心，我故意在他面前露出笑容，但他的表情看起來卻越來越難過了，我突然注意到部長那寥寥無幾的頭髮。

其實一開始我就不需要遵循別人的建議，反正答案都已經在那裡了。

我不懂事的叛逆期在一個禮拜內平淡落幕，若無其事地繼續平凡的《未生》日常。

#升遷受挫 #一個月的形象管理
#壓低嗓門
#面無表情
#回答很短
#好笑也要忍住

在這行再多賺一點吧

工作表現太好是問題，不好也會是問題，表現不好時要看人臉色，表現太好卻又會因為別人的稱讚而難受。

表現不好時會因為被上級折磨要加班，表現太好時則會因為事情太多而加班。

仔細想想，上班真的是件很痛苦的事。我戰勝了許多關卡與競爭者，成功擠進這如針孔般大的就業窄門，我很滿意這樣的自己，也經常想就是因為這樣，現在才能供自己吃穿、過活，但真的開始上班、結婚、生小孩、背房貸之後，卻發現辭職竟然比大學入學考試還要困難。

那一刻，我想起一句名言：「在這行再多賺一點吧。」

好像在玩什麼遊戲一樣。本來想在這裡多賺一點，讓自己過好一點的生活，沒想到接下來卻有更大筆的錢要花，這遊戲的終點究竟在哪？感覺好像玩錯遊戲了吧？人生彷彿電腦不夠力一樣不斷延遲。

#但還是抱持著總有一天
#會有盡頭的希望或是幻想
#今天也這樣過活

上班族的絕望
是怎麼累積起來的？

讓人懷疑目的不單純的健康檢查

所有的上班族一年都要做一次健康檢查，今年也快到尾聲了，
我總算做了健康檢查，被帶到不同的地方，做了各式各樣的檢
查。

健康檢查的最後一道關卡是醫師問診。坐在我面前的醫師，是
這間醫院雇用的，跟我一樣的上班族。他用不帶情緒的低沉聲
音，心不在焉地看著螢幕跟我說：

「請多注意不要讓自己壓力太大，少抽菸、少喝酒，要注意一
下血壓。」

他生硬的語氣，著實讓我很有壓力。

我離開了診間，突然在想：

有壓力是因為公司、喝酒是因為公司，那為了健康著想，是不是應該辭掉工作才對？

上班族的健康檢查，真的是要讓我注意自己的健康嗎？還是要讓公司確認我是不是還處在堪用的狀態呢？

酒醉的場合

實在沒有任何一樣東西，能像酒一樣讓人變得坦誠，不是有句話說酒後吐真言嗎？對象是雖然每天都會碰到好幾次面，但都只是跟對方行注目禮，甚至從來不曾一起吃過一頓飯，座位離得非常遠的其他部門員工。但我們竟偶然地在酒席上坐在一起，不知不覺間喝得酩酊大醉，那時我們已經問完彼此的背景了，他搭著我的肩膀說：

「放輕鬆點，叫我哥吧！你這個人真老實，我都不知道，哈哈哈！」

隔天，我已經想不太起來前一晚的事情，但肩膀一直很痛，應該是跟他勾肩搭背了很長一段時間，只記得他確實是要我跟他稱兄道弟，我看到他從遠方走來，咯噔咯噔，我們朝彼此走去。

距離幾步之遙，我們對彼此行了個注目禮，接著他便一言不發地離開，而且非常自然，彷彿昨天從來不曾發生任何事。我們進入職場也不是一天兩天了，這實在沒什麼，呼。

挑戰精神

上司總是要我勇於挑戰，希望我用新的方式來創造新的成果，要我無論面對怎樣的情況，都不要失去挑戰精神，但面對現實的問題，想要跟上司探討遭遇的困難時，他們卻會像電腦複製貼上一樣重複同樣的話：

「奇怪，我說現在的年輕人啊，連這點挑戰精神都沒有嗎？」

他把我叫去，説他下載了一個要閱讀的資料，但可能因為是PDF檔的關係所以打不開，接著又問説想要修改這個內容，是不是要把檔案印出來重新一個字一個字打進去？雖然我能輕鬆解決這件事，但同時也覺得既然他也是個上班族，這點事情應

該要知道才對。我親切地告訴他，安裝〇〇軟體，用那個軟體去辨識文件，就可以複製並且修改那份文件了。他聽我說完呆愣了好一陣子，然後接著說：

「幹嘛跟我說這些？你是要挑戰我嗎？」看來他沒有想要挑戰安裝軟體這件事。

#壓力引起的問題看來都是真的
#沒有方法痊癒
#其實我也不知道原因
#反正改不了
#辭職說不定會好轉

為什麼
上班族會感到絕望

上班族無限循環的思考模式

大部分的上班族，都陷入了一個絕對無法解開的無限循環中。
每天會有好幾次，而且會持續好幾年。

1. 覺得公司的薪水讓人不滿意。

2. 就連工作環境、上下班條件等都不滿意。

3. 哎呀，要不要乾脆辭職？

4. 我能負擔得起自己當無業遊民的生活嗎？

5. 煩耶，要是負擔得起應該就不會煩惱這些事了。

6. 那要不要乾脆離職？去個年薪雖少但上起班來還算輕鬆的地
方呢？

7. 但自尊心不允許我這麼做。

8. 我現在的能力，有辦法再找到另外一個類似現在環境的職場嗎？

9. 唉……

10. 一小時之後，又從頭開始煩惱起。

只許州官放火不許百姓點燈的法則

很多公司都這樣，業務部是最重要也是最辛苦的部門，也因此公司常常激勵業務員（名為激勵，實則刁難）。每一季度業務部都會舉辦兩天一夜的工作坊，當然這是為了鼓勵大家而辦的活動。公司一直很煩惱，要怎麼做才能夠盡量從各個層面來鼓勵業務部，這次的工作坊也不例外。講臺上一直持續一些令人煩躁的激勵演講，大多都是用數字、圖表等新鮮的方式來激勵大家。終於，激勵好像到了尾聲，講者終於說出：「來，全體員工，擺出可以戰勝一切的姿勢吧。比起找出自己不行的理由，要更努力找出自己可以的理由。」

晚餐時間我們一邊喝啤酒，一邊進行「我可以會議」，這是為了讓員工們大方地四處走動，自由進行交流的場合。

剛才在臺上大聲疾呼，要我們「別找不行的理由，找出可以的

理由」的姜本部長經過我身邊，微醺的我抓住了姜本部長的手臂向他建議：

「改善獎勵制度，大家應該都可以表現得更好！」

聽到這句話之後，姜本部長用了整整十分鐘，告訴我為什麼無法改善獎勵制度，我真是白費唇舌。

從面試開始的矛盾

我領公司薪水也十多年了，現在也要擔任面試新人的面試官，這比任何一個項目都更加沉重，必須不斷分析該問些什麼問題、他們的優點有哪些，人事組長在事前先給了五人組成的面試小組一個大致的方向。

「你們有聽過最近流行的『話題人物』這個詞吧？我們希望新進員工都是『話題人物』。希望大家選出很能融入群體，也能帶給公司新氣象的『話題人物』。」

面試開始。就跟人事組長說的一樣，問題都圍繞在合群與親和力上。

「你週末主要做些什麼？」

「我朋友很多，喜歡社交，現在同時參加三個同好會。如果我說要離開，同好會的人都會很緊張。」

我喜歡他這種幹練又合群的個性，很想招攬這樣的人才。結束他的面試之後，面試官必須留下短短的評語。評語有像是「還不錯嘛？這應該就算是話題人物吧？」等等，但我們之中，擁有最大權限的金部長說：

「他什麼都好，但感覺這種人不會加班，週末也不會工作。」

雖然喝了酒，但不會酒駕；雖然打了一個耳光，但沒有把臉打紅；拿到裝著錢的信封也接受招待，但絕對不會做出任何舞弊行為；需要話題人物，但不需要對方熱愛社交。

\#真的這該死的公司
\#對我來說真的就跟樂透一樣
\#沒有什麼像樣的地方

上班族的絕望
是何時出現的

休假

我下定決心，規劃了五天的暑假。我們公司的人平均都會一次請三到四天假，我只是多請了一、兩天而已，部長跟我說：

「你暑假要放九天嗎？」

「不，我請五天。」

「所以特休是五天，包括週末在內就是九天不是嗎？」

這到底是哪國的算術啊？明明是我的特休，他為什麼要隨便把週末也加進來？

他就這樣增加了我的休假日數，我也自然受到大家的關注，我意外成了要去放九天假的人，於是我也自然而然地發揮奴隸本能，在休假之前更認真工作，加班更不遺餘力。

然後我去放了九天的假，當然正確來說，是使用了五天的特休沒錯。

准我去放九天假的部長，一直在我面前晃來晃去唸個不停：

「啊～哪裡有這種部門啊？居然會讓員工放九天假！哇～我當年啊……」

因為要去休假，要看大家的臉色，還得做更多事情的我，放假回來之後不僅工作量更大了，要看的臉色也比去放假之前多很多。

自我矛盾

想法與行動不一致，上班族是矛盾的集合體，尤其跟錢有關的事情更是如此。

1.「*沒錢*」

會去計較音樂串流服務三、四十元的折扣，以及大眾運輸工具轉乘刷卡失敗，而必須要多付幾元車資，但一個禮拜卻會叫好幾次超貴的外送來吃。不光如此，像是追星或是必買不可的單品，都會說服自己閉著眼睛買下去，然後每天喊著沒錢。

2.「*活著好累*」

盡做一些對健康無益的事情，但每天還是為了健康奔波。吃一堆對身體不好的食物、喝酒抽菸、加班、壓力等，明知道這些

對身體不好，卻還是不斷重蹈覆轍。不光如此，對上班族來說最致命的腦中風、心絞痛等，大家都絲毫不在意，但卻會一直補充對眼睛有益的葉黃素、對骨頭有益的鈣質、幫助改善貧血的鐵質與葉酸等，然後每天喊著活著好累，這難道其實是請饒我一命的意思嗎？

3.「很擔心未來」

包括「每天都很擔心」到未來該怎麼活下去、該做哪些努力、該怎麼擺脫這個狀況等等，每個人的生活中都充滿擔憂，但其實自己根本就知道答案，只要多注意健康、多運動就好。為了提升自己的能力與身價，不僅要多學其他語言，也要讀書以取得個人專業領域相關的資格證，但大家在擔心未來的同時，卻完全不做任何努力，然後再開始擔心不做任何努力的自己。

像家一樣的氣氛

放眼整個大韓民國，絕對沒有一間公司會不喜歡像家一樣的氣氛，但我們實在有必要去深究，所謂像家一樣的氣氛究竟是什麼。如果有人在公司裡總是大聲地說公司的氣氛就像家一樣，那我們就應該好好觀察這些人家中的氣氛究竟怎樣。

朴部長曾經對前陣子在公司發喜帖的某代理說過這種話，順帶

一提，朴部長在公司就是那種成天把氣氛像家一樣掛在嘴邊的人。

「幹嘛這麼快結婚？慢慢來啦，慢慢來。你結婚後就知道，生活既不自由，太太又每天挑你毛病。你可能以為小孩可以任你擺布，但其實小孩根本不聽話，成天只會頂嘴……。唉唷，結婚典禮啊，進到會場之前都還有變數啦，你現在反悔還不算太遲。」

朴部長會把「公司的氣氛就像家一樣」掛在嘴上，肯定是他對家的氣氛有什麼誤會。他所說的像家一樣的氣氛，應該是那種四分五裂的家庭才會有的氣氛吧。啊，可能是因為這樣，朴部長部門裡的人才會吵架、討厭對方，畢竟他們理想的氣氛就是四分五裂的氣氛，這樣公司哪可能正常運作呢？

#休假天數為何包含週末
#算也要算準確一點

上班族的絕望
是來自何處

啊，是要我怎麼辦！

我走進書店。最近幾天一直覺得很煩燥，今天甚至被顧客放了鴿子，我花了將近兩小時抵達開會地點，對方卻說有急事不能來了，所以我真的是抱著要不要乾脆辭職好了的心情走進書店。書店入口新書區，一本書的文案吸引了我的目光——「即便如此還是能在公司生存下來的方法」。

我站在那讀了一下這本書，終於稍稍解開了我心中長期以來的誤會，也對我未來的職場生活該往哪個方向發展帶來一些幫助。離開新書區後，我又被另一本暢銷書的文案吸引——「今天是適合辭職的好天氣」。啊……是想要我怎樣啦！

不一致的建議

因為我是個不會瞻前顧後的人，所以我跟新人一起吃午餐時，便給了他們這樣的建議，搭配著我個人專屬的開場白，慢慢地說出我的建議。

「這種話聽起來雖然已經過時……」

「欸，不要想在公司爭輸贏，還是認真投資自己，要培養出隨時可以離開公司的能力，否則就會像我們一樣，一輩子當社畜知道嗎？這是真的，要記住我說的！」

那天傍晚，因為進公司三年，同時也是我大學學弟的朴代理辭職，所以我們幾個人聚在一起。朴代理進公司時就一直為了創業而努力，聽完他的話後，我發現他已經把辭職後的生活都規畫好了，而我又給了他廉價的建議：

「欸，這種話聽起來雖然已經過時，但公司這麼溫暖，你知道外面有多冷嗎？你覺得自己現在發展得很好吧？那其實都是有公司在幫你撐腰啦！」

聽完我說的話之後，朴代理說：

「前輩，既然知道聽起來過時，那就不要再說了。」

只許州官放火不許百姓點燈的原則 2

那該死的效率、效率……，他對效率的愛真的沒有盡頭，好像是我進公司一年多時的事情，我跟他溝通一直都覺得緊張又害怕。

「喂，那個啊，那邊來問了，問我們什麼時候可以解決問題，要我們把那個丟過去。」

「……」

「喂喂喂！你要這樣到什麼時候啊？現在也該聽懂這些術語了吧？要我跟你詳細說明到什麼時候？為什麼這麼白目？我們做事要有效率啊，要有效率！」

他對效率的愛，主要表現在說話態度超沒禮貌這點上，即便有合適的稱呼，但只要是位階比自己低的人，一律叫「喂」，位階比自己高的人也會想盡辦法縮短對方的頭銜。舉例來說像是部長，他經常講成「部軮」，發音整個黏在一起，凡是位階比他高的上司，一律以含糊不清的「軮」結尾。

某天身為組長的他在報告時，發生了一件事情。為了盡可能地簡短報告，他練習了很多次，他會深吸一口氣，然後用一口氣的時間把所有報告內容講完。

「租軟，昨天丟給那邊部門了，那邊確認我就會再丟給另一邊。」

而聽他報告的人，大概花了三秒的時間，一言不發地看著對效率的愛實在太激烈，不願意浪費一分一秒的他。

「你是在打排球喔？什麼丟？還有你講話要講清楚，那邊是什麼，另一邊又是什麼？最近的人講話真的是……」

#組長我有事情想問一下
#請問你是不是腦袋有洞

職場生活第十年，
還是無法解決的職場事務

進入職場生活之後，好像沒有什麼讓人覺得比較愉快的時刻，硬要選的話，就是休假申請的簽核一直到最後一關都沒有出什麼錯之類的吧？

我思考過，為什麼我心裡一直不是覺得很舒服，然後也一一檢視了這些煩惱。下面是我進入職場十多年所感受到的各種擔憂，以及我對那些擔憂的想法，雖然不是瘋狂去想這些煩惱就會消失，但我還是來思考一下。

1. 工作能力

既然決定進入職場，或是被迫進入職場，但反正只要是拿人薪水，最要擔心的第一件事就是工作能力。這個煩惱始終如一，不過隨著年資越來越高，這樣的擔憂也會漸漸改變。新人時期煩惱的是要怎樣才能把工作做好，現在則是煩惱要怎樣才能快點把事情解決，畢竟在職場上，事情做得好不好決定權並不在我，反正都是別人來決定我做得好不好、決定我扮演的角色，而且跟想把事情做好的時候相比，現在這種想快點把事情做完的狀態，反而還比較有可能獲得稱讚，反正這也是工作能力的一種。

2. 人際關係

公司是人聚集的地方，而且還是一天要相處將近十小時的地方，其實最大的壓力來源就是人。職場生活中，我認真地感覺到世界上有各式各樣的人，而且也非常明白，人類經歷了無數的自然災害與戰爭，仍能存活至今的原因，就是無論面對怎樣的極端環境與改變，人類都會以極快的速度適應並存活，但這樣的擔憂也在漸漸改變。我本來以為只是人際關係帶來壓力，不過仔細想想，壓力的來源其實是位階比我高的人，職場是個以權力和位階排序為主的地方，但無論壓力來源是人際關係還是位階，我都不能隨心所欲地做自己想做的事。

3. 午餐要吃什麼

對很多上班族來說，最困難的問題就是「午餐要吃什麼？」。我待的第一間公司有員工餐廳，我自然地接受了。學生時代、大學時期，甚至是當兵的時候，午餐都無法按照自己的想法吃東西，但我很喜歡這樣。可惜的是現在的公司沒有員工餐廳，沒有員工餐廳的公司，真的需要好好思考一下，畢竟沒有員工餐廳這一點，可以說是又要員工浪費自己的勞動力。

我們真的很討厭去想要跟誰一起吃、要吃什麼，希望像家畜一樣，有人準時的在辦公桌旁邊，放好一大堆吃的東西。反正上班也像家畜一樣，都是聽別人的指令做事啊，這也沒什麼吧？

4. 外貌

我曾經有段時間很認真運動。我自己撐不撐得住是一回事，但最大的問題是身邊的人也不幫忙，於是我放棄了。「我又不是運動選手」，我想。

我曾經很認真保養皮膚，買很貴的保養品，時不時地敷面膜，開始認真保養起皮膚。不久前，我在電視上看到一位皮膚科醫師說：保養皮膚的重點是禁酒和壓力管理，我發現自己現在就像是破了的水缸一樣，怎麼保養也沒用，於是我放棄了。「我

又不是什麼藝人」，我想。

我的頭髮好像掉得比以前更兇。有人說口服抗掉髮的藥很貴，
但又沒什麼太大的效果，移植毛囊很貴，效果也不顯著，我也
聽說抗掉髮的洗髮精沒什麼效果。

我看到新聞說英國足球選手魯尼的髮量，和十年前相比有大幅
度的增加，看來持續花錢才能有效防止掉髮吧。
但我放棄了。「我又不是什麼足球選手」，我想。

5. 有品味的工作

我想做點有品味的工作，這是因為電視。電視裡的人，總是在
寬敞又時尚的辦公室裡，穿著一塵不染的體面西裝工作。從父
母那裡繼承公司的他們，大多都是擔任部門主管，即便不是部
門主管，原本只是個普通平民百姓的業務員，出現在電視上都
會變得品味十足。這些人雖然在職場上經歷許多侮辱，但還是
會重新站起來認真工作，最後能力會獲得認可，年紀輕輕就當
上部門主管。我也想當部門主管，每天加班也好，我也想在房
間裡面按下對講機，請秘書告訴我今天的行程，想要看著漢江
夜景，擔心公司的未來，當然這時候要配一杯紅酒。

6. 擅長的事情

最讓人感到可惜又害怕的，就是即使已經工作、學習超過十年，但還是沒有一件事做得好。我還是新人的時候，總比別人提早來上班，先來幫公司掃地。因為身為新人的我，在辦公室裡實在沒有一件事情能做得好，但過了十多年的現在，我還是偶爾會覺得自己是不是該去打掃，因為不管怎麼想，都覺得我沒有什麼技能比別人更厲害。

但有件事多少能帶給我一些安慰，那就是不管怎麼看，都覺得身邊的人好像也沒有什麼隱藏的必殺技，難道是大家還沒有蓄積好發出必殺技需要的能量嗎？

7. 要做需要專業技能的工作

我高中的時候，有一部連續劇很受歡迎，就是金喜善與安在旭主演的《向日葵》。看完那部連續劇之後，我的夢想是成為一位醫生，因為比起壓力和煩惱，醫生反而擁有更多的愛與熱情。從那時開始，我就很努力地想考進醫學院，但卻遭到身邊的人強力反對，尤其我的大考成績更是劇烈地反對我。

最後我屈服於這些反對，無法順從自己的渴望進入醫學院就讀。

連續十年都抱持同樣煩惱的我，人生難道就是一場空嗎？

如果當時成績沒有反對我，那現在我就會沒有煩惱，過得很幸福嗎？

#決定過個沒有煩惱的人生
#要怎麼做才能活出沒有煩惱的人生呢？
#果然還是先煩惱起來了
#比起執行還是煩惱比較對味

早什麼安啊！才剛打卡就想回家，今天又是來混日子的一天

對於那些
年紀越大就越清楚的事情

我有時候會一個人靜靜地坐在車裡。從公司下班，把車開進一片漆黑的公寓地下停車場後，我不會立刻上樓回家，而是會在車裡呆呆地望著車頂。在這狹窄的空間裡，不受任何干擾地享受十幾分鐘一句話也不說的時光，讓我有被療癒的感覺。不情不願地被掛上大人的這個頭銜，所以我的行為舉止必須像個大人，但其實我還不是大人，也因為這樣，躲在汽車這個屬於我的空間裡面，我才能夠偶爾獲得喘息。

雖然過了十多年的職場生活，還結婚生子，但那都只是虛有其表的假象，我好像只是一直在準備成為大人。時間越久，我就

越常覺得自己是個只有身體逐漸老去的孩子，而時間越久，這種感覺就更加明確，但需要做決定、做選擇的事情，卻如等比級數般成長，隨著這些經驗的累積，我應該要更加確信自己的決定才對，但為什麼越來越感到不安呢？

不久前播完的連續劇《天空之城》，給了我很大的啟發。起初我覺得那就只是編出來的劇本，以正在準備大學入學考試的學生為主角，描述資助他們的父母有多麼貪心，這讓我看得津津有味，但就在故事接近尾聲的某一集，渴望成為知名大學醫院院長，學生時期在大學入學考試拿到第一名的姜俊尚教授痛哭失聲。年近50的大人痛哭失聲，說出心中對母親的怨恨，足以撼動大韓民國無數大小孩的心。

「我現在該怎麼辦呢？告訴我方法吧。因為媽要我上醫學院，所以我成了醫生……，我現在該怎麼辦才好？」

「妳讓我變成一個年近50，卻不知道該怎麼繼續活下去的人啊！都是媽造成的！」

「院長算什麼……那到底算什麼……我都不知道自己是誰了，我覺得自己只是個傀儡！」

當然，事到如今也不該放棄職場生活去追尋我的夢想，不過還是無法輕易地把我究竟是誰、我真的是大人了嗎等，偶爾浮上心頭的煩惱趕出腦海。即便如此，還是有一些事情跟這些模稜兩可的疑問不同，讓人可以確信自己已經是大人了，而讓我覺得自己確實已經是個大人的時刻，就是上班時產生以下這些想法：

明確感1

時間的流逝其實沒有太大意義。

在職場上去說「我已經工作第幾年了」是沒有意義的。反正時間對大家來說都是公平的，自己在這間公司待了幾年其實並不重要，重點是你如何讓自己運用相同的時間過得更充實，而且職場其實也不是人生的一切啊。

明確感2

職場的生態就是，無論怎麼練習，也沒辦法真的不在乎別人的目光。要踩著別人才能爬上去，如果有人領先，那就一定會有人落後。當我經歷不幸別人會小看我，而當我變得幸福，大多數的人會怨恨我。也因此我認為，無論其他的人際關係如何，唯有職場的人際關係應該越簡單越好。這是為了我的精神健

康，以及還有很長一段路要走的人生，但因為我還沒在職場上獲得成功，所以也不知道這是否就是成功的方法。

明確感3
不跟某人多說什麼，對那個人來說是真正的幫助。

不跟某人說話，感覺起來很像是不在乎那個人，但換個角度想，這也可能給他更多機會。人生在世都會經歷失誤、失敗，若每個人都在這時去批評、去建議的話，那會有幫助嗎？對方會比較不挫折嗎？我也是經歷了無數的失誤和失敗，但比起他人的建議，我自己所下的決心反而給了我更大的鼓勵。或許就是因為那些忍住沒多跟我說什麼的人，我才能成為現在的我。

我還在學習，透過我的親身經歷，以及透過觀察他人的成敗。

不久前，我在電視上看見國際知名鋼琴家趙成珍的訪問。記者問他彈奏鋼琴時都在想些什麼，他說：「什麼也沒想，必須要什麼也不想，無意識地去演奏才會彈得更好」。他的回答讓我突然想起金妍兒的訪問，她好像也回答過類似的話，她肯定有說過，她在滑冰的時候什麼都不會想，就只是把自己交給身體。

嗯，原來如此！

還在學習人生的我，今天又有了新的領悟。

明天開始，我要依照已經在國際上獲得成功的這些人所採用的方式，在公司不帶任何想法地去工作，這樣一來我應該也能成功。

啊，這麼說來，現在好像也是不帶任何想法地在工作呢！

#關於那個上班族下班後愛去的名店
#千萬不要相信喔！
#下班後吃的東西連橡皮筋都是人間美味

爸爸的黃色薪水袋

我的故鄉，是水泥工廠林立的韓國江原道與忠清道交界處的某個小城市，是個靠製造大量塵土的水泥工廠養活的地方。

學生時代，教室裡四十多個學生當中，至少有一半以上的學生，爸爸是在水泥工廠上班，實際數量搞不好比這更多。當我們在學校要分組的時候，大家都是用爸爸公司的名字來當組名，像是「雙龍組」「現代組」「星信組」等等……

所以我們的生活用品、生活方式都很類似。水泥工廠一年三百六十五天都在運轉，分三班執勤的爸爸們，有一些人必須值夜班。該說是託他們的福嗎？我們一群小鬼頭會聚在爸爸值夜班的朋友家玩個通宵。

現在的薪水都直接匯到戶頭，不會有人跟你說一句：「辛苦了」，只是單純地入帳，大家只是爭先恐後地去刷存摺，領走自己的薪水。甚至不會花一點點時間，去慰勞自己一個月的辛苦，畢竟薪水雖然進來了，但帳戶餘額卻總是沒什麼變化。

不過以前爸爸們的月薪可不一樣了。發薪日是全家人最期待的日子，就連平常要一直玩到媽媽大喊「吃晚飯了」才肯善罷甘休的孩子，在那天也會早早回家。

薪水裝在一個厚厚的黃色信封裡，不知名的項目一一寫在信封上的格子裡，讓人覺得那個信封真的很有誠意。厚實的信封中，裝著千元紙鈔、百元紙鈔，甚至還有十元銅板。現在回想起來，上班族的月薪每個月都會變，但無論怎麼變，媽媽每個月還是會數好幾遍，最後會把每一張紙鈔弄得十分平整才收起來。

我們會乖乖地坐在旁邊，但我們並不關心薪水有多少，只是希望這個月的薪水，可以比上個月的薪水多出幾百元也好，這樣大人才會說「真開心」，然後多分幾個銅板給我們。

薪水袋裡面不是只有錢，其中還有一張比名片還要大一點的黃紙，上頭大大地蓋著紫色的「豬肉券」三個字，每個薪水袋裡都有一張。那張豬肉券通常都屬於我，所以只要上面的印章有點蓋歪，或是紫色的墨水不夠清楚，我就會有點難過。

發薪日那天，最忙亂的地方就是肉舖了。牛肉與豬肉會在肉舖前一字排開，肉舖大叔也笑得合不攏嘴。沒錯，豬肉券就是肉品交換券。這是因為這些在水泥公司上班的勞工，成天吃了一堆灰塵，這算是一個福利，讓大家吃點肉來清清卡在喉嚨裡的灰塵。

每月十五號，到了昏暗的傍晚，社區裡的小朋友就會拿著蓋有豬肉券印章的紙，急急忙忙地跑到肉舖集合，不久後社區裡就會開始飄出烤五花肉的味道，夜裡這簡單的五花肉派對，可以讓整個社區幸福不已。回想起來，雖然那一斤五花肉不過三百元，但我卻非常感謝它，比起美味，更是因為它讓我感到幸福。

我每次站在大型超市的肉品區前時，還是會想起小時候的豬肉券。想起那張有些破爛的黃紙、想起辛苦了一整個月，把好不容易才拿到薪水袋與豬肉券交給媽媽的爸爸，以及把那張豬肉券交給我，讓我去跑腿的媽媽。

拿到豬肉券之後，我會開心地衝出家門，父母親是帶著怎樣的表情，看著我衝出家門的背影呢？

是因為想起年幼時的發薪日嗎？

只要到了發薪日，我就會理所當然地牽起孩子小小的手去肉舖，在那裡買一斤五花肉。因為五花肉已經不像以前，會有用黃色的紙包裝起來的那種韓國的古早味，所以感覺是有一些不一樣，不過每次都還是會讓我心中的某個角落，感到有些懷念與滿足。

天真的孩子還不了解發薪日的意義與父母的疲憊，只顧著開心地拿起裝有五花肉的袋子搶在前頭跑回家。我看著他的背影，露出了世界上最滿足的表情，我爸媽的表情應該也是這樣吧？原來要到了這個年紀，我才終於明白這件事。

我對這個月也平安地撐過職場生活的自己說聲辛苦了、忍得好……

用非常非常小的聲音。

#成為父母之後才會了解的那些事
#父母親買炸全雞回來的時候反而是更
　辛苦的日子
#這樣應該就是懂事吧!

到底為什麼
一邊吃辣炒雞湯一邊開會？

今天自然也是要開會。

為什麼部長總是說自己很酷，但又很在意自己的感受，還有總會說自己很開放？雖然會議彷彿因此充滿活力，但除了把大家叫來開會的當事人之外，所有人都不太願意參與這個會議。

除了很酷地大喊「來，開會吧」的那個人之外，剩下的與會者應該都一邊想著「今天也要開噢……」，一邊不情不願地走向會議室，那景象真是像極了學生時期，學生被叫到教務處的背影。

但今天的會議主題還算重要，會議的結果將決定我們部門下半年的策略，與會者都會受到影響。

順帶一提，昨天也開了一小時的會，會議主題是下禮拜聚餐要吃什麼，心態非常開放的部長，用他那酷酷的態度主持了一小時的會議，結論還是他最愛吃的辣炒雞湯。

重回主題，今天的會議真的很重要，但內容與結論還是跟平時差不多，我們一如既往地沒有談論什麼重要的事，其實結果早就已經決定好了，會議只是部長想要「逃避」的藉口而已，而大家寶貴的一個半小時就這樣白白浪費。

不過離開會議室的大家表情並沒有太差，反而帶著有點安慰的表情，臉上彷彿寫著「很好，這樣今天應該就可以平安度過」。

集體智慧真的存在嗎？

擁有不同能力的人們聚集在一起，為了追求利潤的共同目標團結努力，而為了達成那個目標則需要集體智慧，這就是職場。不過我們始終只有耳聞，從來沒在職場看過所謂的集體智慧，也讓人懷疑這東西是否真的存在。我想我們應該要觀察大韓民

國多數職場所具備的文化，才能找到這個問題的答案。

韓國大多數職場仍存在垂直的位階文化，雖然看起來很有系統，其實裡面亂七八糟，每個人都費盡心思要些小把戲，不過這並非上班族的集體智慧，更不是導致產能下降的主要原因。導致產能下降最主要的原因，其實是「說出來就是我的事情」的這種想法。

在職場打滾過幾年的人，怎麼可能在會議上會沒有什麼想法？大家都覺得提出好的意見可以讓公司成長，也可以盡快結束這冗長的會議，但說出口之後所有事情就必須要自己攬下來，大韓民國這種像魔法一樣的職場機制，使得所有人寧願保持沉默。

新進員工偶爾會在熱情的驅使下，在會議上提出一些新穎的創意，並熬了幾天幾夜之後寫出與眾不同的企劃案。當然，那份報告放到主管的桌上之後，很容易會在無人在乎的情況下，被擱置在某個角落就是了。

我曾在某部描述職場生活的連續劇中，看過因為下屬說了一針見血的話，上司無從反駁，所以回答：「這是公司一貫做法」

的場景，這一句話就可以說明所有情況，而這其實就是把「我知道你的意思，也知道你說得沒錯，但我還是要用以前那種比較輕鬆的方法來做，以後你就廢話少說」，用比較冠冕堂皇的方式說出來而已。我們確實也經常在職場上聽到這句臺詞，當這類的話越聽越多，就會讓那些青春熱血、充滿活力與熱情的新進員工，很快就變成跟前輩一樣面如死灰。

早在朝鮮時代就想改變這種文化

會議，字面上的意義就是「聚集十議論」，也就是聚在一起討論事情，所以如果只是上司要單方面表達個人意見的話，那就不該說：「來，我們來開會吧」，而應該是「來，我有事情要通知你們」。

最近走在成功的道路上、逐漸改變社會的企業，大多都具備平等的文化。這些企業致力於實現集體智慧，努力保留員工個性的多樣性，致力於創造讓每個人都能放心說出個人意見的環境，而其實六百年前世宗大王就曾經嘗試過這件事。世宗大王在開御前會議時，總會讓能說出反對意見的特定人士參與，透過這個人的反對意見防止大臣們因為陷入集體思維，無法提出不同觀點的意見所可能造成的缺失。

我們再回到現在的會議……，如今會議變成「只是為了叫大家做事，一點意義也沒有的程序」，我們該做的事情早就已經決定好，無論如何都得要產出個有形的成果。這雖然會讓人覺得有點煩，但除了新進員工之外，剩下有點年資的人其實不會對此感到太有壓力。

會議結束後，每當部長不在位置上時，團隊裡的小主管就會跳出來說「我來寫報告」，接著就能在半天內信手拈來一篇煞有其事的報告，過兩天再直接把那份報告交給部長。

不會有人覺得這種情況很怪，因為那份報告差不多就是三年前的這個時候寫好的。只要換一下日期，再配合公司最近的狀況，把幾個部分稍微修改一下就好。

職場生活沒有什麼特別之處，工作內容都差不多，報告就應該放個三年，然後就能派上用場，我們就這樣，不斷地增進自己的專業能力，呼……

（嘰嘰……嘰嘰……）你們那邊也還在把三年前的報告回收再利用嗎？

（改編自戲劇《信號》的臺詞）

#會議時我的筆記
#到底是暗號還是文字
#只有在開會時創意才會大爆發

第四次工業革命與
國王的新衣

「第四次工業革命是什麼魔法杖嗎？」

真想對公司高層說這句話。

姜專務在開會時，還是會一直去提PSY的《江南Style》，那都已經是幾年前的事情啦？

「現在是YouTube的時代！只要把一個影片做好，就能讓全世界幾億人看見，你們怎麼不懂？看看PSY，他就靠一個影片席捲全世界！」

不要用以前的方式思考、你們是不是把現在的趨勢想得太難了之類的，他的長篇大論沒有盡頭，而他之所以會這麼說，都是因為社長關心的事情始終只有「第四次工業革命」，當然一直到三、四年前，他關心的都還是「創意經濟」啦。在那之前好像是「四大江」吧？總之他們就是很愛追求方法跟形式都很模糊，但卻煞有其事的用詞。當然，主管也有他們的苦衷，畢竟比起他們，那些更高層的人更會瞎喊。

不久前辦新年開工典禮時，社長曾經提起過第四次工業革命。

「現在是第四次工業革命的時代，這個世代連接所有事物，新的挑戰與創意十分重要，大家都要像我一樣，多多了解第四次工業革命。」

這番話真的是老套到極點。一個新創的流行語，再加上挑戰、創意力與創新等字眼，說起來就成了煞有其事的一番言論。而我們究竟該成為怎樣的人、該做怎樣的革命，都沒有人搞得清楚，只是追隨著時間的流逝與技術的進步，生命便會自然改變，這能夠稱作革命嗎？反正社會與公司都是這樣，我們部門也無可避免地只能隨波逐流。開會時部長說：

「現在是第四次工業革命的時代，你們不知道嗎？現在要改變行銷方式！去找一些可以運用社群平臺做行銷的方法！」

看部門員工的表情，感覺大家都想說：「那你怎麼想？你想怎麼用社群？」這句話，但卻沒人真的說出口，反正大家都知道無法抗拒這個命令。幾天後，我們向部長報告運用社群平臺行銷的方案。雖然不知道他能不能理解這份報告，但讀了一段時間之後部長說：

「這個啊，做了之後會有幾萬人那個什麼……按讚？他們會按那個對吧？那公司的形象就會變好，自然會帶動銷售成長，這是對的吧？這個註冊要錢嗎？金代理！你過來一下，你幫我註冊一下。」

接著再補上一句：

「這個是社長關心的事情吧？第四次那個，不是嗎？還是創造？唉唷，真的搞不清楚。」

不僅如此，他還會一直想藉著第四次工業革命的名義，引進一些沒用的新技術。我不知道這些點子究竟出自誰的腦袋，但肯

定有人告訴社長這些煞有其事的用詞，搭配什麼要這樣投資、放眼未來的國際公司都是這麼做之類的花言巧語。聽說這次的新計畫，就是要運用各種網路數據進行投資，只看內容和主題，會發現這其實就跟我們現在做的事情一樣，謠傳公司甚至打算從各部門當中，選出對這個議題理解度較高的員工組一個專案團隊，於是部長又說要開會了。

「啊……我說啊，那個啊，那……那個大家知道吧？這次公司要做的那個計畫，知道吧？數位和第四次工業革命……導入IT用數據……那個……可以讓生意更好的那個。」

果然，他對這次的計畫完全不了解。他接著說：

「因為是跟IT有關的，所以我覺得讓理工科系畢業的人去比較好。金代理？金代理你是理工科系出來的吧？這次的專案就讓金代理去參加，中途不定時向我報告，會議就到這邊。」

他逃命似地離開會議室，彷彿是怕下屬問他新計畫相關問題一樣，在大家開口之前搶先離開，金代理只能哭喪著臉對留下來的人說：

「我確實是理工科系出身的，但我是土木系，我的論文主題是水泥黏性與凝固程度的關聯性，我哪裡懂什麼IT……」

無論是對IT還是第四次工業革命，都絲毫沒有興趣的部長，到底知不知道不久前剛加入的新人，是電子商務學系出身的呢？大概不知道吧？他已經連續好幾年與升遷無緣，腦海中八成只有「第四次」這個字眼吧。

每當這時候，我都會想起國王的新衣。即便這個東西根本不存在，但只要好幾個人說「好像有」，大家就會趨之若鶩的高層會議，難道不像國王的新衣嗎？

#漫長的會議時光
#今天我也很自然地連上
#求職網站
#人力銀行
#中古車交易網
#不動產網站

職業婦女與低出生率

行銷組崔課長的報告，今天又「被退」了。任誰來看，都覺得這份報告已經沒什麼可改的，但部長卻從來不看內容，只會喊「重寫」。原因只有一個，那就是他聽說這次報告的最終簽核者朴理事，最近對某部門的報告十分滿意。

那份報告的重點就是字型。由於報告使用了較容易閱讀的新字型，並把整份報告的字體放大，讓他還沒詳閱就大肆稱讚這份報告。

可是朴理事幾個禮拜以前，才痛批過一份字體過大的報告，說這樣沒有誠意、閱讀不易，而且依照他的想法修改報告之後，

他還是放了好幾個禮拜都不看，然後大發雷霆地質問人家為什麼不交報告，據說他的最後一句話是「不要辯解」。

雖然底下的員工都在背後說他需要接受精神科治療，但在他面前卻總是抬不起頭來，畢竟人事的任用權力都握在他手中。換上新的字型、調整字體大小之後的報告，通過了部長的審核，傳達到理事手上，而崔課長昨天則為了這畫蛇添足的工作加班。

崔課長是兩個孩子的媽，是位職業婦女，老大是最需要照顧的小學一年級，4歲的老二則處在最黏媽媽的時期。崔課長說，她上次跟孩子說話已經是三天前的事情了。由於加班如家常便飯，晚上不僅無法看到孩子的臉，早上也只能看一下他們的睡臉就出門，今天早上也一樣，因為朴理事任意更改自己的行程，所以崔課長必須一早在辦公室待命，現在他需要的到底是什麼？

與朴理事的會面

崔課長終於進到朴理事的辦公室，即便十年前我們就已經花一大筆錢導入電子簽核系統，但還是需要面對面報告。導入電子簽核系統之後，簽核者可以在線上看到報告的內容，但若有需

要，還是可以請負責人來面對面報告，據說這樣可以提高生產率，原來電子簽核系統的用意在此……，我也是上網搜尋才知道這件事，而我們公司的人顯然完全不知道這系統的用意，現在還是會以書面形式製作報告，再另外製作一份大綱，並且要在面對面報告時獲得口頭同意，才能夠上電子簽呈，經過這個程序上呈報告後，一分鐘之內就能完成簽核。為什麼？因為朴理事的簽核按鈕，一直都是秘書在按。朴理事大概根本不知道要怎麼登入電子簽核系統，更遑論是了解電子簽核的意義了。

斜靠在鬆軟座椅上的朴理事，一邊看著報告一邊說：

「聽說最近職業婦女都很辛苦？」

崔課長毫不慌張。

「不，我覺得不會，我們先來討論報告的內容吧。」

朴理事對那份他根本沒讀到五秒鐘的報告絲毫沒有興趣，蠻不在乎地把報告放在桌上，接著說：

「最近開始實施什麼五十二小時還是什麼的制度？上班的環境

變好很多，大家都要更認真，這個世界真是越變越好了。」

崔課長也立刻接話：

「謝謝您，那報告我就再上電子簽核給您。」

崔課長離開朴理事的辦公室後，便提醒他的秘書：

「理事說我可以上電子簽核了。」

低出生率的問題，並不是在搞笑

崔課長跟我同期進公司，我們久違地一起吃了午餐，我卻從崔課長口中意外聽見跟她形象不符的髒話，但這髒話只是不太符合她的形象，卻是我很熟悉的內容。不知道從什麼時候開始，崔課長就會用髒話來抒發壓力，吃這頓飯的過程中，我一直有種好像是我在被罵的奇特感受。巷弄餐廳裡牆面上掛著的電視，正在播出與低出生率相關的政策新聞，有個腦袋不正常的政客說，造成低出生率的原因之一，就是生產跟哺乳會導致身材走樣，應該要立法提供胸部整形手術的減稅優惠。這真是令我大開眼界，這些政客忘記自己的本分，成天在那裡搶搞笑藝人的飯碗。這新聞播出的時間點很不剛好，導致我整頓飯都得

一直聽人罵髒話。更新了一下崔課長的髒話資料庫，我也大致能夠推測這段時間她過得有多辛苦。

崔課長說她所面臨的最大問題，就是「自尊掃地」。薪水比較少、工作比較辛苦都沒關係，但現在卻讓她在回家路上，產生嚴重的自責感，一直覺得自己整天都在做一些沒有意義的事，有時回到家看到孩子的臉，反而會覺得很羞愧。為了處理這些沒意義的事，不能看到寶貝孩子的臉，光想就令她火冒三丈。為了討口飯吃才來工作賺錢，反而覺得自己的內心好像整個爛光了。我立刻要她不要說這些有的沒的，硬是結束這個話題，因為如果連我也附和說：「嗯，對，我也是這樣」的話，那我們應該都無法吃完剩下的午餐。

上班族去看精神科的比例比想像中高很多。加班和喝酒自然會搞壞我們的身體，但現在就連精神都快被搞壞。精神這種屬於人體軟體的部分並不會外顯，也因此不太容易感覺到有問題。眼睛所見的並非全部，無論是公司、政府的政策，還是社會的認知，我們一直都只想改善眼睛所見的地方，卻不去深入探討核心問題，只去談論眼睛所見的金錢、就業、時間等具體的事物，可能是因為這樣，才會去提到身材、胸部吧。

你問我那到底該怎麼辦呢？

我也沒有方法，但我覺得如果說不出「沒辦法」這三個字，那其實就相當於你不知道問題究竟在哪？我只希望在自己能力所及的範圍內，再掙扎一下而已，無論那力道有多麼微弱……

我偶爾也要當面跟朴理事報告。朴理事不管跟誰碰面，都會習慣性地拍拍那個人的背再跟對方握手，這個動作可以解釋成想讓對方感覺被鼓勵。反正面對面報告這件事會讓人很緊張，可能是因為這樣我總是頻尿，於是我進了廁所，尿完後正準備洗手時，突然有種他好像急著找我的感覺，便急忙連手都沒擦就進到他的辦公室。我覺得單手跟他握手真的不太禮貌，所以就用雙手恭敬地握住他伸出的手，他跟我的手都變得濕……，不，都變得更溫暖了。我開始期待下一次的大便報告……，不是啦，是當面報告。

#報告一開始就應該這樣寫
#就跟你說這份報告是草稿！

新進員工
為什麼看起來這麼累？

職場打滾十多年，我在公司也是某種程度的「老鳥」，大概就是處在中間的老鳥，而像我這種程度的老鳥，在公司是非常重要的存在。面對工作已經有一定的應對能力，同時又能積極運用這些能力來解決困難，但這個程度的老鳥也有點尷尬，因為我們夾在新員工跟資深員工之間，處境十分尷尬。在溝通交流的時候，更是會頻繁地感受到這股尷尬，跟職稱還只是專員的幼幼班同事對話會有些不自然，但跟資深員工聊天卻又很不自在。

不久前，隔壁部門來了位新人。

由於該部門很久沒有新人加入，所以幾個星期前大家就開始討論這件事，到底是對新進員工有什麼期待，才讓他們這麼坐立難安？

幾天後，讓他們望眼欲穿的新人坐定位，展開他的職場生活。雖然離得很遠，但我可以從螢幕右側最邊邊的部分，看見那位新人的臉，於是我開始有意無意地觀察他，而這也大大改變了我對「時下年輕人」的錯誤認知。我一直認為他們具備那種年輕的青澀感、志氣與熱情、生動感……，後來卻發現都是我的誤會，欸，或許是我對他們有錯誤的期待吧！

我回顧了自己的新人時期，當時我的外表和穿著都很不自然，不起眼到極點。穿著陌生的皮鞋走路，樣子儼然像個玩具兵，語氣和姿勢更不用說了，簡直是個不折不扣的菜逼八。

但我從遠處觀察到的那個「時下年輕人」的樣子，卻和當時的我截然不同。他擁有彷彿從雜誌中走出來的幹練氣質，以及自然卻又謹守分寸的語氣與行為，但重要的並不是這個，而是過去的我總是感到緊張，現在的他卻看起來疲憊不堪；過去的我

十分青澀，現在的他卻陰沉無比。

確實有可能發生這種事，我充分理解。雖然我為了找第一份工作也是煞費苦心，但那種辛苦卻無法跟現在的年輕人相比。他們為了就業還得累積那些誇張的經歷，為此他們早已放棄自己美好的青春歲月，很多人在出社會前就已經背上龐大債務，即便他們還沒嘗過人生的酸甜苦辣，卻也懂得箇中滋味。我知道現在這個世界無論對他們還是對我來說，都是個難以生存的地方。

雖然我在公司是個年資中等的老鳥，但還是想要認可他們。所以我不會去要求他一定要有新進員工的態度、觀念，也不會期待藉著他的青澀，讓辦公室充滿活力、更加有趣，更不會希望他的年輕氣息能為我們帶來新的刺激，因為他已經以十分疲憊的狀態，坐在靠近我螢幕右側最邊緣的某個位置了。我還沒有不要臉到要才剛打完一輪激烈戰鬥回到宿舍的士兵，立刻再去做才藝表演。

可能因為我是「中等資深」，所以也會稍微擔心一下公司⋯⋯

公司不斷聘用有著驚人經歷的新人。我自問「公司有這麼多聰

明的人才，我們公司應該也會變得比較聰明吧？」但最後做出的結論是：不會。

美國教育家勞倫斯・彼得（Laurence Peter），在1960年提出「彼得原理」，這個理論的核心就是說，在組織當中所有員工都會希望，有朝一日能夠擔任超出自己能力範圍的職位。根據彼得的說法，這種無能的人成為上級後所帶領的組織，會隨著時間的流逝漸漸剩下無能的人。

為什麼呢？原因在於，**無能的人絕對無法區分哪個下屬有能力，他們會配合自己的水準去評價下屬**，無論下屬提出再多新的創意、具備出色的商務能力，無能的上司也絕對不會察覺，更無法做出相應的評價。所以上司評鑑下屬時所考量的因素，就只會考慮行政處理的能力、人際關係等標準非常低的項目。歷經這些狀況的下屬，會開始更著重於做出上司喜歡的行為，而非提升自己的業務能力，進而使該組織內所有人的水準及該組織本身持續走下坡。從結論來看，根據彼得原理，這種水準不斷下滑的員工，會為了讓自己坐上超出個人能力範圍的職位，而和內部同事展開愚蠢的競爭。

最後的結論「不看也知道」。

但還是會期待「現在的年輕人」。

我們常提到世代差異。前輩在跟後輩說話時，會用「現在的年輕人啊……」開頭，指責他們不夠熱情、沒有霸氣，後輩則會用「明明沒有能力……」來指責前輩的無能。

在美索不達米亞文明的年代、古埃及金字塔上、蘇格拉底留下的文章中，也都可以看到「現在的年輕人」這種話，無論是哪個時代，不同世代之間都充滿代溝，也因此「現在的年輕人」實在不必太過擔憂，畢竟那些因為「現在的年輕人」而備感壓力的「過氣老人」，也都曾經是「現在的年輕人」。

不過你需要擔心的，其實是過段時間你變成「老鳥」後，應該要警惕自己不要開口閉口就是「現在的年輕人」。如果想做到這一點，那就應該要好好保養現在這個聰明又充滿創意的你，讓自己的青春不要褪色。組織、文化這種龐大的東西不可能立即改變，所以因職場生活陷入嚴重煩惱的你，請不要獨自努力嘗試改變這巨大的集合體，更不要因此承受壓力。只要針對現在讓你徬徨的原因、那些令你煩惱的各種不便，找出屬於你自己的解答和方法，不要忘記現在那種不舒服的感覺，就只有這樣而已。我突然想起電影《腦海中的橡皮擦》當中，失去記憶

的孫藝珍有過這樣的臺詞：

「我想說的話很多……我很焦急，很害怕又會失憶……」

我現在心情也差不多是這樣，很怕讓我說出這種話的想法會消失。

我這個資歷中等的老鳥，以後會越來越資深，等我賺的錢足以溫飽，或許這樣的想法就會消失，這讓我非常著急。

#盡量不說最近的年輕人這句話
#不要忘記現在這種尷尬感
#努力並警惕

部門主管
可以公開喝酒的藉口

自古以來，公司的事情就像務農一樣，不斷重複播種、作物生長、收割這個過程，當然其中存在許多喜怒哀樂，但基本上差不多是這樣，這是一個許多人在一起認真工作的地方。我加入這間公司已經十多年，現在認真回顧在公司度過的時光，應該也算是蠻有意義的事情，所以這次我很仔細地分析了公司的一年。

分析1. 一月第一週

年初時公司會有點亂。公司會以變更戰略布局等名目，讓很多員工換部門。無論是被要求改變，還是主動想改變，對人來說改變都是一件大事，因為不僅要交接工作，還要換位置。即便

不是面臨變動的當事人，有些人還是會因為有後輩要進來而開心，有些人則會因為討厭鬼變成自己的主管而不高興，是個百感交集的時期。總之，人事變動就是極具意義的事情，而在這樣的情況下，酒自然是不可少的。

於是部長正式有了可以喝酒的藉口。

分析2. 一月第二週

一月上旬到中旬，大部分的公司都會發布人事升遷命令，但哭喪著臉的人總是比開心的人更多。這時候人大致能分成三種：與升遷擦身而過的人、與升遷擦身而過的人底下的人、自己討厭的人竟然獲得升遷機會的人，這當然是一則以喜一則以憂。

於是部長正式有了可以喝酒的藉口。

分析3. 一月第三週

上面又開始做些沒用的事情，明明就離去年還沒多久，偏偏要辦什麼未來展望發表會，諷刺的是公司的未來展望，是由公司看起來最沒有展望的人之一，也就是由「社長」來發布。無論社長做得再久，任期頂多就只有三年，但他卻要去講未來一百年的事情，一百年後就連我都不在了吧……。實在不覺得自己

有必要為了一百年後的誰努力，於是我給了自己一個展望，那就是不要硬逼自己去做一些為別人好的事情。

未來展望發表會結束後，整個部門的人被召集到會議室。部長說要帶著全新的覺悟，展開全新的開始，為此整個部門必須團結和睦，所以他便提議要聚餐。

於是部長正式有了可以喝酒的藉口。

分析4. 一月第四週

從去年開始就費了很多功夫的計畫，終於有訂單進來了。

部長提議要聚餐來鼓勵大家。

於是部長正式有了可以喝酒的藉口。

分析5. 二月

有人離職、有新人加入。

不知道是怎麼回事，社長竟然稱讚了部長。

但幾天之後，部長又被社長痛罵一頓。

二月最後一天，部長家的貓死了。

每到這時候，部長就正式有了可以喝酒的藉口。對了，這些以公司名義舉辦的活動，全都是用公司給的公司卡來結帳。

分析6. 醉了……不要再分析下去了……

連二月都沒分析完，我就感覺要吐了。我在辦公室裡呆呆地看著部長，奇怪，難道是因為看著部長才想吐嗎？

而部長向我靠過來，低聲跟我說：

「你最近在煩惱什麼？等等要不要喝一杯？」

奇怪，我的表情明明就不是在煩惱，而是非常失望啊。

#今天辛苦了
#今天晚上來聚個餐吧！
#明明是用公司的卡付帳
#還往自己臉上貼金說是自己請客

第三部

其實
我們都很羨慕彼此

其實我們
都很羨慕彼此

採買組的A課長最後還是選擇離職。

大家都不知道他真正的想法，其實我也應該要不知道才是，但就在一次偶然的機會下，我得知了他內心的想法。

我總是很羨慕他，因為他就像是最適合公司的人。他總是沉著冷靜，又很會為人著想，無論面對什麼樣的指責都會虛心接受，任何指教、批評都會立刻改正、執行，無論在什麼時刻，都不會生氣或表露出情緒，他真的就像是最適合公司這個組織的人。

而我跟他相反，從結論來說，我自認是個不適合公司這個組織

的人。就像是原本不怎麼有正義感的人，從某一刻起突然變得很有正義感，即使知道說真話會激怒某些人，還是會一一指出不對的地方，但卻也不夠冷靜沉著，也因此我很羨慕A課長，這該說是他具備的基本品德嗎？他似乎天生擁有我所缺乏的特質，宛如含著金湯匙的他實在令我羨慕。

他的組長是個很會生氣的人，那位組長也說自己的八字和名字裡有很多「火」。他很少不生氣，跟他坐在同一層樓的人真的很痛苦，會一直即時聽到他用超大的嗓門，把他對組員的指責、一些微不足道的失誤吼出來，即使不需要讓其他部門的人知道，我們還是得被強迫聆聽。

組長的下面，也就是相當於副組長的A課長，在組員被罵時總是會被叫去站在組員旁邊，他的罪名始終如一：「到底是怎麼管理組員的。」大家都覺得他很可憐，但他從來沒有動搖，總是冷靜地挺過當下，表情非常堅定。可能是因為一直被罵的關係，所以他總是很快就能抓到組長的訴求，他跟這樣的組長一起工作了三年，儼然成了公司不得不認同的人才。

他離職一星期前。
下班之後跟同事一起開心喝酒喝到微醺，在公司後巷徘徊的那

天，我偶然在路上遇到他和他的組員。沒有任何目的，也沒有什麼特殊意義，兩邊自然地坐在一起聊起公司的事。席間大家各自說出自己的心聲，像是罵了某些人、說某些人的八卦，或是對公司的未來提出批判性的意見。我也一樣，一把火上來，當起海巡署管起公司的所有閒事。當時我看到剛坐下的A課長，他明顯已經醉了，但看起來還是很冷靜。靜靜聽著我們說話的他，只有嘴角跟著動而已，並沒有特別說些什麼，整個過程中只喝酒。

有時候還是覺得酒館禁菸這件事並不完全只有好處，因為非吸菸者會被孤零零地留在座位上。奇怪，現在吸菸的人這麼多嗎？吸菸的人竟接二連三地走到外頭去。

本來以為會只剩下我一個人呆坐在位置上，沒想到A課長也還守在桌子的另一端。真是尷尬，不知道我們該說些什麼，但我還是坐到他前面。他看起來喝得很醉，我們不太自在地幫對方倒酒。沉默了好一陣子，他先開口了：

「我啊，真的很羨慕安課長你。」

什麼？羨慕我？我好慌張，於是我馬上回答：

「羨慕什麼，我才羨慕A課長呢……，在職場上待人處事那麼圓融……」

他短暫思考了一下，接著開始說了一長串的話：

「其實我覺得上班很累，你也知道我們組的狀況吧？個性很激烈的那個……，你知道我最近在看精神科嗎？大概一年了吧？（五秒的空白）我很會演戲對吧？我們組長生氣的時候我就演戲。**我都會想『現在這個狀況是戲劇中的一個場景，這一場戲結束就要立刻進入下一場戲』**。我很羨慕安課長，你知道為什麼嗎？課長你心裡不會不舒服啊，想說的話就會說出來，一直都只說對的話，該怎麼說呢……？覺得你在職場上過得很自在。我們的組員都超討厭我，他們都以為我為了自己的考績無條件站在組長那邊，但我其實只是希望整件事快點結束，讓自己不要那麼痛苦……，我在想要不要辭職。我真的不太適合職場，感覺課長你的職場生活過得非常自在……，好羨慕。」

我心目中最適合職場生活的人，竟然說我是最適合職場生活的人。我們兩個的個性實在不太合，而這更是一段不適合我們的對話，我該怎麼接才好？我無法輕易開口。我是一個不冷靜也不沉著的人，但只有這瞬間，我不知不覺地沉著了起來。當我

「啊……」一聲開口的時候，遠方傳來吵雜聲。

「唉唷，怎麼回事？這個組合真是稀奇！你們在談什麼那麼嚴肅？」

A課長看著他們，低聲地說：
「唉，靠Ｘ……職場生活他Ｘ的爛透了……」

我只有說「啊……」而已，沒能接下去把「我真的作夢都沒想到你會有這種想法，但靠Ｘ，你罵什麼髒話啊」給說完。

我們雖然羨慕彼此，但其實沒有人感到幸福。

發生這件事的一星期後，他就遞出辭呈了。

根據傳言，他丟出辭呈之後，在他們組長那寬敞的辦公室裡，用一點也不低調的聲音，喊出了那天在酒館小聲跟我傾訴的那番話。

#世界上最善良的課長
#後來才發現都是演的
#報名演員補習班
#職場生活的最高機密

某些人的「獲得」
是某些人的「放棄」

最近讓我感到新奇的是，已經推出超過二十年的韓國懷舊漫畫
《小恐龍多利》，又再度受到矚目。有很多人說比起「出發去
尋找媽媽的孤單多利」，老是在折磨人、倚老賣老的「高吉
東」反而更可憐。這個「家長高吉東」放下的不只有妻兒，還
有姪子喜東東、周遭包括眾多外星人在內的親友，甚至是隔壁
的無業青年麥克，全心全意投入職場生活。身為一家之主，他
為了扮演好自己的多重身分，總是只能放棄自己的人生孤軍奮
鬥。

但為什麼大家會突然開始關注高吉東？那是因為，在《小恐
龍多利》播出時身為主要收視群的小孩，隨著時間流逝開始投
身職場，親身經歷高吉東承受的各種苦難，成了「當事人」。

《小恐龍多利》大概是在1988年奧運時受到廣大的喜愛，當時還在讀幼稚園或國小的小朋友，現在應該都已經成了差不多要送小孩上小學的家長了……

同理，我們會隨著年紀增長、親身經歷而了解一些事情，也有一些事情是必須要經過時間的考驗才會明白。而我仔細回想了一下高吉東的樣子，發現隨著年紀增長更明確了解的事情，並不單純只是「一家之主很辛苦」，更是「得到一樣東西，就必須放棄另外一樣東西」。高吉東雖是辛苦的一家之主，同時還身兼多職，但身邊的人都看見他的盡責，非常喜歡他，也很聽他的話。

如同高吉東放棄了許多東西，以換取成為一個好家長一樣，即使交換這件事情並非等價，這世界肯定也會在你獲得什麼的時候，要求你放棄些什麼來交換。

大學時期如連續劇主角般的「宿舍房長」

這是我還是大學新鮮人時，宿舍房間房長（四人房最高學年的人）的故事。借用他本人的話來說，他是個「一無所有，孑然一身地從鄉下來讀書的鄉巴佬」，而且他就像連續劇中的苦命主角一樣，必須要養活自己的家。對當時有好長一段時間都在

飲酒作樂，覺得一天只有二十四小時實在不夠用的我來說，這位學長就像連續劇中常見的骯髒大叔，除此之外什麼也不是。會說他是大叔，是因為他不僅休學過，而且還已經到了青春即將逝去的29歲，當時總是醉生夢死的我，眼中所看見的他就是個不靈活的大叔。

他總是張著嘴笑，看起來很親切，卻不太會跟身邊的人打招呼，總是獨來獨往。他是那種會在圖書館讀書、在房間讀書的人，我也因此不太回房間，因為不想承受逼迫我也得一起讀書的無言壓力，有時遠遠看到他的身影，我也會覺得對他很失望、很受不了。他總是用傻里傻氣的表情問我：「每天這樣玩很開心嗎」，我都不怎麼回答，因為確實也沒那麼有趣。

就這樣過了幾個月，某天不知怎麼回事，這位房長大叔突然要我們同房的學弟去叫炸雞跟啤酒。雖然我很疑惑這個在房間只會埋頭讀書的人，怎麼會突然做這種事，但卻還是點了一大堆昂貴豬腳，分量足足是炸雞的兩倍之多。不久後，在不明所以以致空氣都非常緊的房間裡，我們圍著豬腳坐下，大叔慢慢地開口說話，而我只是看著他那張無聊到吐不出任何一句有趣的話的嘴。接著只有咀嚼豬腳的聲音充斥整個空間，沒過多久他又開始說話。

雖然他的話又臭又長，但結論是今天他終於錄取了兩個他想要的工作，而且錄取他的公司很厲害，是就連像我這種只會吃喝玩樂的大學生，也都略有耳聞的兩間金融公家機關，他竟然全部錄取了。他說他會去薪水比較高的那邊，真的太開心了，就跟在老家的父母說了這件事，但發現身邊沒有誰能分享這些喜悅。他看著地板，開心地笑著，然後在房間裡點起了香菸，我在迷濛的煙霧之間看見他有些害羞的笑容，當時的我卻完全不明白那笑容的意思。

不久後我們與他道別。他原本使用的坐墊，甚至已經成了他屁股的形狀，一看就知道他肯定在這上面坐了很久，書桌的角落還能找到他用那與他個性不符的筆跡，留下的「韓國銀行」四個字。

就是那時候，我突然領悟「世界為了給我一些什麼，就會要我放棄一些什麼」這個道理。大學生涯沒交到任何一個朋友，只是埋頭苦讀的他，是否過著滿意的人生呢？

面對獲得與放棄，何來「正義」？都是自己的想法而已！

任何一種放棄與獲得都沒有所謂對錯，對這些爭論也都沒有意

義，因為沒有人能輕易評論他人的「人生」及屬於他們的「價值」。

但可以確定的是，無論是誰，總會為了獲得而必須放棄，反過來若你有所放棄，就肯定能有所收穫。

《小恐龍多利》熱播時年紀還小的韓國小鬼頭們，如今長大成人，接觸到冷漠疏離的社會，並在其中孤軍奮鬥。接著某天突然想起高吉東這個角色，並開始回顧他的作為，才發現原來在這個險惡的世界上，放棄與獲得是不拆售的「組合包」。

今天又被迫出門上班的我們，正為了獲得珍貴的事物，放棄另外一樣珍貴的事物。

#放棄與獲得是一個組合包
#天下沒有白吃的午餐

雖然如此但還是……
明天見

家人：住在同一個屋簷裡，一起吃飯的人。

介紹一下我們的團隊，成員大概有二十多人，其中又分成很多小組，而我待的這個小組包括實習生在內共有六人，是一個規模很小的組，雖然有一個名為小組的圍籬，讓我們像家人一樣，但其實我們各自負責不同的業務。之所以要分組，是因為這樣比較方便管理，並不會因為我們是同一組，而產生什麼對工作有益的加乘效果。組長負責自己的專案，我也有我的專案，後輩也一樣，要說共同的工作，就是實習生會分別幫忙我們做一些事情，有些人會說我們根本是「一人公司」。

今天我自主放假。上午被顧客糾纏不休的我決定自主放假，當然我只有在心裡對自己宣布放假而已。這是一個如果有人來惹我，我肯定會把所有怒氣發洩在他身上的日子。我俐落地把該做的事情做好，便坐在位置上發呆，接著突然注意到我的組員，可能是因為每天都埋頭做自己的事情，所以看著他們讓我覺得很陌生。我靜靜地坐在那，開始觀察他們。

1. 組長（45歲，男）：懶惰的小氣鬼

看來他今天也非常熱衷上網，因為他眼神明顯就在放空，嘴角還不時會突然上揚，肯定是在看網路漫畫。然後離開位置好一段時間，肯定是到屋頂抽菸了。他再度回到位置上之後，視線便開始在螢幕和書桌上移動，無論是在做什麼，肯定不是在工作。

2. 前輩（40歲，女）：固執又難搞

她今天也透過電話跟別人吵架，總是以「奇怪，誰說的？真的是什麼人都有耶，到底是誰說的，是誰？」開頭，然後不斷重複「天啊！」「哈！」「受不了！」之類的感嘆詞，還伴隨著不耐煩的反應，肯定是在跟其他部門的人或顧客吵架，要是跟她對上眼就糟糕了。

3. 後輩1（33歲，男）：在公司主要做一些自我提升

來自SKY（註：韓國三大名校首爾大學、高麗大學、延世大學的簡稱），進公司第五年，肯定在找其他的工作機會。即將研究所畢業的他，最近為了完成碩士論文忙得焦頭爛額，每天都把英文原文書放在螢幕的角落，時不時偷看一下，完全無法得知他到底是來上班還是來讀書，但就我敏銳的觀察來看，他渾身散發出一種遲早要跳槽去什麼地方的感覺，現在他也在讀用英文寫成的東西，看他一邊搔頭的樣子，應該是有什麼事情想不通吧。

4. 實習生（25歲，女）：一有機會就寫自我介紹

是個負責幫忙打雜，非常令人感激的存在，但也就是我們口中的「現在的年輕人」。總之我對實習生沒什麼興趣，不管跟她說什麼、要她做什麼事，她都記不太清楚，還經常頂嘴，常把很難、沒時間之類的話掛在嘴邊。有時候經過她旁邊，都會看到螢幕上總是開著一個在寫自我介紹的視窗，看她現在表情這麼嚴肅，肯定又在寫自我介紹了。

5. 後輩2（31歲，男）：沒有角色，像熊一樣呆

「來，大家開個會吧！」

今又會（今天又要開會）！喜歡把大家召集起來說話的組長，又再次召開會議。這時去大邱出差的後輩2正好進到辦公室，時間點怎麼會這麼巧妙呢？打開總是被我消音，也不太會進去看訊息的小組團體聊天室，才發現後輩2在聊天室裡留下「我五分鐘後會進辦公室，可以……開個小組會議嗎？」的訊息，他是不是瘋啦？

大家魚貫進入會議室，後輩2沒有回到自己的位置上，而是維持剛出差回來的狀態直接進入會議室。他從大包包裡拿出一個小小的麵包紙袋，是大邱最有名的菠蘿麵包。這個像熊一樣呆，臉皮超級厚的傢伙，一反常態地吸了吸鼻子說：

「聽說這個很有名，我是希望讓大家趁熱吃，所以才急忙說要開會。」

對彼此不太熱情的組員久違的聚在一起，突然產生一點溫暖的感覺，當我們一邊吃著菠蘿麵包，一邊僵持在尷尬的沉默中時，組長先開口了：

「嘿嘿……我們不是在這禮拜要完成公司內部的教育訓練嗎？你們知道那個要考試嗎？我拿到答案了，等等再分享給你們，

不要跟別組說喔，呵呵。」

組長說他上午一直去煩跟他同期進公司的教育組長，然後才弄到這份答案，花了整個上午解題、比較答案，發現答案都是對的，老實說我徹底忘記有教育訓練這件事。

難搞的前輩接著說：
「剛才業務三組跟我聯絡，你們知道他們說什麼嗎？說上禮拜我們用了大會議室但卻沒整理，劈頭就狂罵我們，確實是我們組用的，但我裝蒜到底，說絕對不是我們，大家要口徑一致喔。」

前輩說要裝蒜，那肯定就會是個完美的劇本，畢竟她不會沒頭沒腦地說要否認到底，她這番話是看著用過那間會議室的我和後輩2說的。

那如菠蘿麵包一般甜蜜，有些尷尬卻溫暖的短暫閒聊時光就這樣結束。呆熊後輩很不知變通，不多不少只買了六個回來，所以我們必須躲起來吃，但可能是因為這樣，所以變得更好吃了，雖然我住的社區有這間店的分店，我偶爾會去買來吃就是了……

我們又像平常一樣回到座位上，彼此之間依然有著隔板，這時後輩1悄悄靠過來：

「課長，這是上次說的資料，我為了找資料、翻譯花了三天，下次你要請我吃飯喔。」

這是上禮拜跟後輩1一起跑外勤時，我偶然提起但卻不怎麼重要的資料，我有請他幫忙找資料嗎？完全想不起來。雖然已經不需要這份資料了，但從這資料的封面可以看得出他有多辛苦，所以我對他真是感激又抱歉。

無聊又安靜的午後時光持續沒多久，這次是實習生突然傳訊息來，要我給她一分鐘的時間。呼，一條訊息就把我呼來喚去，我一邊嘟囔一邊走到會議室跟她碰面。

「我想起上次吃午餐時，課長跟我說過的就業相關要領，我寫了自我介紹，如果課長您有時間的話，可以幫我看一下嗎？希望您可以幫我看。」

我什麼時候跟她提過就業相關的事情？實在想不起來。把寫滿私人訊息的自我介紹拿給別人看，並不是一件容易的事情，

我好像也是因為覺得自我介紹很私密，所以從來沒給任何人看過……

雖然想不起來我究竟給過她什麼建議，但我還是爽快地答應了，說會努力幫她修改。

辦公室安靜枯燥的程度，會讓人懷疑剛才溫暖的會議室氣氛究竟去了哪裡，但我很熟悉這種感覺，大家都面無表情地看著自己的螢幕，辦公室裡只有鍵盤的聲音，咔噠咔噠……

下班時間到了，大家一一離開辦公室，離開辦公室的無情姿態就跟平常一樣，我也一樣，但今天卻想道個再見。

「大家……明天見！」

#加班的時候
#我身邊的一切都爛到爆
#下班的時候
#我身邊的一切都超美好

插手的費用

過了35歲之後，身體就大不如前了。

喝完酒隔天也無法整天保持清醒，平日要是稍微加班或勉強自己處理公務，週末就會閉門不出。肚子漸漸大了起來，完全不覺得自己有可能瘦下來，但這其實也只是放任肚子繼續大下去的藉口。

所以不久前我決定去上健身房，還請了私人健身教練，當然所費不貲，但也沒辦法，因為我很清楚如果不先付錢，我的意志力隨時可能屈服，究竟是從什麼時候開始，我必須付錢才能產生意志力呢⋯⋯

讀書也是一樣。每到新年，我就會覺得應該要好好學英文，但卻從來沒實現過。不過去年我一口氣買了一年份的線上英語課程，就這樣開始學英文，當然也只有一開始想說既然花了錢，就要認真一點而已。現在手機還是會定期跳出線上課程的通知，看到通知的時候，我就會覺得有些在意，挫折感也不斷累積。

不久前我買了智慧手環，就是只要戴在手腕上，就會計算心跳數和運動量的那個裝置。只要我稍微在桌前坐久一點，手環就會「嘰～」地震動起來，畫面上會出現「請動一動吧」的字句，然後我會依照裝置的指示稍微讓自己動一下。

我花的其實是干涉的費用。我的健康、我的學習，都必須要有第三人來干涉，這樣我才會動起來，所以我一直在支付這些多餘的費用，這讓我就算是花自己的錢，也還是一直要看別人的臉色去做事。其實真的請了私人教練、開始線上英語課程之後，我才發現這也沒什麼，只要下定決心自己在家裡也能做。

但下定決心就能做的事好像越來越少了，如果沒有誰的指示就不會主動去做，我好像變成真正的「社畜（像家畜一樣在公司工作的上班族）」。在寫文章的此刻，智慧手環也在催促我：

「請動一動吧。」

我在自己手腕上戴了一個別出心裁的鐐銬，這不正是現代版的自願為奴嗎？

#線上英語課程一年份
#智慧手環
#私人教練三個月
#自願為奴

有事沒事
讓太太誤會的文章

我27歲結婚，十多年前男孩子27歲結婚算早。藉這篇文章坦承，我算是糊里糊塗就結婚了。要再說得更白一點嗎？那就是如果能回到當時，我絕對不會結婚。

我初次跟現在的太太見面是在夜店，那間夜店由我的親戚開設，擁有當時最新的設備。要說夜店有多大，就是店內左右兩邊各有一個稱為舞池的空間，兩邊的舞臺都有不同的表演，會放不同類型的歌，因為空間真的很大，所以完全不會干擾彼此，是一間規模大到難以想像的夜店。

我們就是在這個有堆陌生人的地方相遇。

當時我才不過22歲，是個沒有閒錢上夜店的窮苦大學生。雖然很想好好感受青春的氣息，但朋友跟我都沒錢，當時那間夜店規定，每個人都必須點一份下酒菜，包括我在內總共六個人，我們在夜店門口猜拳，說好贏的四個人先進場，剩下的兩個人再繼續猜拳，兩小時之後原本的第三、第四名出來跟剩下的兩個人換班。

我們只點了最低消費，完全沒有任何服務生歡迎我們，當服務生把啤酒放在桌上，準備幫我們打開時，我們急忙阻止他說「沒氣就不好喝了」，但其實是因為沒錢多點啤酒，當然更不可能有錢訂位，所以我們只能努力的在舞池邊徘徊，尋找各自的緣分。

我太太是因為公司聚餐來到這間夜店，她雖然喜歡喝酒，但不太喜歡唱歌跳舞，便一個人坐在位置上大口大口喝著洋酒。而在舞池裡穿梭了一陣子後回到位置上的我，連啤酒都不能喝，只能一直灌水，接著我便透過水杯，看見當時符合我理想條件的她，但就在那一刻我的手機響了，朋友說兩小時過了，要我們趕快出去換班。雖然不能再繼續看她讓我感到可惜，但即使

還有很多時間，我也不可能瞬間變得能言善道，所以我就出去跟朋友換班了。

可惜的是，我實在無法輕易忘記她，於是我便在夜店門口徘徊等她出來。不知道究竟過了多久，終於等到她出來透氣，我上前跟她搭話：「要不要去吃碗烏龍麵？」同時也給她看了我的學生證，證明我絕對不是壞人，她露出可愛的笑容，指了指夜店前面的攤販，請我吃了碗烏龍麵，這就是我們的初次相遇。

不久前，我在吃晚餐的時候突然問她：

「老婆，如果回到那個時候，妳會請我吃烏龍麵嗎？」

她毫不猶豫地回答說：「不會，絕對不會！」完全跟我預期的一樣。

「我居然會嫁給一個小我3歲的男人，過著這麼辛苦的生活……，當時真的不該跟你去吃烏龍麵的。」

這當然是玩笑，畢竟她不可能心平氣和地說出這番話，但以防萬一，我還是舀了一口飯，把湯匙塞到太太面前，還順手幫她

夾了塊青花魚肉，好險我們結婚了。

其實我一直很感謝她，因為結婚時我27歲，她30歲，當時我真的非常年輕，幸運地找到工作，誤以為未來會一帆風順，但到了這個年紀才發現，無論是27歲還是30歲都還很年輕，不僅沒嚐過人情冷暖，也還不足以為人生打下穩固的基礎來面對世界的考驗，雖然現在也差不多啦。

就像前面說的，如果重回27歲，我絕對不會結婚。我太太因為嫁給一個年輕小夥子，吃了太多不必要的苦。別人都是開著車在高速公路上奔馳，但我太太卻緩慢地在國道上行走，好不容易沿著國道開上半山腰，才發現她的朋友都已經穿越隧道，沿著高速公路抵達遠方，有些人甚至已經開上了離高速公路有一段距離的山頭。

星期日早上，8歲的孩子跟我們夫妻正在享用簡單的早餐，兒子說他長大之後要當科學家，我反駁他說爸爸曾經希望自己長大要當作家，太太看著我們兩個男生無奈地笑著，她說要一次養兩個男生，真的不是件容易的事。

已經了解人情冷暖的我，若回到27歲那一年，肯定不會結婚。

我會更認真存錢，遵循這個不知道最早究竟由誰建立，但世界
要求大家都必須擁有，且我也自然聽從的基本法則，為自己的
生活打好基礎，然後再跟現在的太太結婚。

\#早安！
\#不要一早就說謊！
\#寫文章也不能說謊
\#真的啦我愛妳

勇者都在哪裡
做些什麼？

他就這樣被罵了。

韓國連續劇《未生》中，張克萊（任時完飾）曾經為了證明自己有用，而任意將團隊公用的資料夾，整理成他認為更有系統、更有效的形式，後來卻被吳相植課長（李聖旻）痛罵了一頓。吳課長不僅罵他「你沒有朋友吧」，還說「無論再怎麼沒有效率，會繼續沿用就是有他的原因，你不能這樣隨便把大家已經習慣的東西改掉」。

張克萊則回說：「你說的話有一半我能理解，另一半無法理解。」
我們從來沒有正式學過職場生活的方法。

國小到大學這十六年期間都在學東西，但每當對自己學的東西感到懷疑或好奇時，總是會想也不想地接受大人口中「學起來總有一天會用到」的謊言，並且繼續向前跑，但真正為了討生活，前往有如戰場一般，需要拿著武器戰鬥的職場時，卻發現我們根本不需要因數分解，更不需要不定詞。

就是從那時開始，才剛踏入職場沒多久的我已經感到渾身無力，我想做的所有嘗試都基於各種原因而一一變得不可能，這種事情不斷反覆發生，那光芒萬丈的「熱情」，不知不覺間成了只讀了兩、三頁就不想再讀下去，完全想不起來究竟塞到哪裡去，在不知名角落漸漸老舊泛黃的書……

我發現我們的社會沒有勇者。大韓民國這個積弊已久，不知道目的地究竟在哪，卻仍咔嚓咔嚓不斷前進的巨大機器，實在是堅固到難以讓勇者成功、難以讓勇者改變。

「你知道那個人吧？就是金課長啊，其實他以前很優秀，是公司的第一把交椅，但實在太有正義感了，可能是因為每次都只說對的話所以才被盯上，結果大家都升上去了，只有他變成萬年課長。」

聽完同事一邊喝咖啡，一邊蠻不在乎地拿出來八卦的話題，我立即點了點頭，傳達出可以理解的訊號，擺出未來這跟我不會有什麼關係的表情，繼續喝著那杯今天格外苦澀的咖啡。

「怎麼不安靜做事就好⋯⋯偏偏要說什麼對的話⋯⋯」

我們期待的、等待的勇者，以及曾經是勇者的那些人，現在都在哪裡做什麼呢？

\#擔心國家
\#擔心藝人
\#擔心身邊的人
\#擔心體育
\#但卻完全不擔心自己

群組的全盛時期，
檢視我的群組

不久之前，偶然在網路上看到某公司群組的截圖畫面讓我大吃一驚，雖然我並不是一個很會為他人著想的人，但也希望不要發生這樣的事情，內容跟狀況大致如下：

某個週末，部長突然開了一個群組，沒頭沒腦地開始說起跟公司未來有關的事。對話內容不是很重要，只是一直在說週末在煩惱公司未來的事情，這種行為一直沒有停下來的跡象，而下屬們的回覆，則是好像已經習慣他這個樣子，到最後他甚至跟沒有迅速回覆的員工說星期一走著瞧。

我只讀了幾則回覆，就能掌握看到那幾張截圖的上班族有多憤怒。

我也很憤怒，但我突然好奇起我的群組，所以立刻做起自我檢視。包括最近三個月已經沒有再繼續對話的群組在內，我總共有二十個群組，而那些有各自目的與意圖的群組，大致可以分成三種類型。

群組的三種類型

第一種是工作群組。是個很無聊的地方，但為了大家溝通更順暢、更快分享工作狀況，不得不建立這個空間，一開始建立這個群組的部長說過「避免不必要的對話或回應」，我覺得他這樣很酷。這是個別人看到可能會想「怎麼只有下指示卻沒有人回答」的群組。

第二種是說壞話群組。假借是公司同期、關係比較親近、有相同興趣等煞有其事的藉口建立一個群組，但群組裡的對話真的沒深度又沒意義。成員很多卻只有少數人在說話，只能帶來短暫的刺激，而那些刺激的目的，絕對無法讓群組成員之間的連結更緊密。

第三個是為了擺架子而建立的群組，群組裡主要使用「盡快」這個字眼。雖然用詞都經過包裝，但這個群組主要是為了我的時間和別人所建立的。雖然包裝成為了大家的利益著想，但其實是為了特定的個人利益，除此之外就是一個很被動的群組。

我討厭第三種群組

每個人都想被認同，身為平凡上班族的我亦然，但平凡的我們可以獲得認同的地方並不多，大多只有家庭和職場。可是要在這兩個地方獲得認同並不容易，需要付出很多努力，也因此我們總是處在渴求認同的狀態，沒有被填滿的認同慾望，會使我們越來越渴求認同，這樣的渴望會以錯誤的方式表達出來。

以我的經驗來看，品行好的上司通常和配偶、子女的關係都很好，也就是說他們至少都有在家庭中獲得認同，或許是因為這樣，他們都很早下班，下班後會直接回家。相反地，也有一些下班之後晃來晃去，不太喜歡迎接下班時間的上司，他們會編造煞有其事的目的製造「快閃」聚會，並找一些天真的孩子來陪伴他們，他們很愛那種不斷吹捧自己、讓自己意氣風發的聚會，但真的排序起來，就會發現這些人的地位其實遠在天邊，連拿出來講都會讓人感到羞愧，這些人無論在家庭還是職場都無法獲得認同，下班之後只想去喝酒。這不是我隨便做出的結

論，因為我跟太太吵架的時候，也一定會故意約人吃晚餐或喝酒，想盡辦法晚回家。

瘋子今年特別多

有一次，我突然被拉進一個快閃聚會，因為我也不再是唯命是從的菜鳥了，所以經常找各種理由避開公司聚會，但那天就是不太順，被拉進了不想參加的聚會。我們喝著燒酒，電視新聞在後頭播放，新聞正在批評仍然存在於大學校園中的軍紀文化，批評這些倚老賣老的學長姐，習慣性要求後輩去做不想做的事，要求學弟妹們加入「團體」。看完那則新聞後，當天聚會的主辦人嘖了幾聲便接著說：

「唉唷，今年瘋子特別多，現在都什麼年代了……，來，喝吧，大家快喝，把酒杯清空。」

群組又有通知了

是第一種群組，為工作而存在的地方。前面也說過，那個群組只會有跟工作有關的分享與指示，幾乎不會有其他對話。這次的訊息是來自開設群組的部長，標示已讀的數字很快減少，雖說是工作上的分享，但說到底其實是他「單方面的下指令」，那則訊息不管怎麼想都讓我覺得很不合理，卻沒有人對他的訊息提出意見。

這麼說來，他總是將「單方面的下指令」包裝成工作上的分享，一開始看起來很酷的「大家別做不必要的回應」其實也不是酷，而是「另一種方式的強迫接受」，我一直到現在才發現。

隔天早上，我才剛到公司，第一個群組又有訊息。

是部長以「早安」為開頭的訊息。

我今天早上被強迫要「早安」了。

#才剛上班就想下班
#現在的狀況正好適合下班

到底為什麼
要這樣對我？

我回想起進公司第一天，被扔到一個有條不紊地運作著的組織裡，那是我人生中最落魄的一天。公司分配給我的東西有桌椅、放在那邊的巨大螢幕、幾件文具，雖然並非完全屬於我，卻都是很熟悉的物品。但我對這一切感到很陌生，不知道該做什麼才好，甚至連能不能呼吸、能不能靠在椅背上都讓我煩惱。當然我也不是突然就被安排坐在這裡。新進員工加入之後，不僅要接受新人教育訓練，更要花整整一個月的時間，接受人事組規劃的OJT（on-the-job training）事前教育。對於只有感受過「訓練氣氛」的我來說，真實戰場所帶來的壓迫感實在不容小覷。

當時突然有人來跟我搭話。
「○○，不好意思，我有點忙，等等再教你該怎麼做，如果有電話進來你就幫我接一下。」

這是這個看起來像夥伴的人跟我說的第一句話，他那句話對剛開始社會生活的我來說，就相當於第一個任務，我努力想把這個任務做好，便全神貫注在電話上。偶爾我會在腦海中規畫一個劇本，也會事先模擬、練習要怎麼把電話轉給其他人。

不久後電話響了，我飛也似地拿起話筒，但當下的狀況卻讓我腦中一片空白。我結結巴巴地一句話也說不出來，對方只好要求換一個人聽電話，前輩看著我的臉，露出一副「被抓到了」的表情，接過電話以「常務您好，請說」開頭，熟練地結束了這通電話，放下話筒的他瞪著我說：

「○○你根本不知道怎麼接電話，怎麼能隨便接電話呢？」

後來的我簡直度秒如年，後來不知不覺也在這間公司待了十年，但那天的創傷仍然留在我心中。

放棄「預測」

那之後的職場生活也並非易事，事情的發展總是出乎預料。如果我自己想辦法把事情做完，就會被罵憑什麼自作主張，以學習的姿態來做事，就會被批評說一定要人家叫才會動作，因為不明白而去請教時，則會被說怎麼到現在都還不懂，但如果

不問就直接處理，則會被訓斥說太自以為是，實在「無法預測」，這真的讓我光想都壓力很大。

一直以來我的人生都能以「常識」和「資訊」來預測，當然我也是透過預測來加入現在的公司。我準確地預測到自己的主修與經歷都不錯，最終面試的問題也被我預測到了，所以才獲得了這個職缺，但這十年職場生活的運算，卻經常跳脫「常識」，預測也就頓失意義。職場上我總是很敏感，因為即使工作結束了，還是會發生意想不到的狀況，這種心情讓我很不是滋味，很不安，現在也還是一樣。

當時帶領我的部長總是很從容，在職場打滾超過二十年的他，無論在什麼情況下都重複同樣的一句話：

「要打開蓋子，經過判斷之後才會知道結果。」

現在我才慢慢了解那句話以及他的心情。

在各種不確定中選擇相信的人

我因為感覺好像要加班而嚷嚷個不停，同事便慫恿我乾脆直接下班，他面無表情地說著加班什麼的一點也不重要的畫面，簡直是一幅傑作。

「雖然大家都說世界上誰都不能相信，但我還是相信一個人，那就是明天的我，他會把所有今天沒做完的事情都完成。如果不想做事，那就把事情丟給明天的你吧。」

這段話似曾相識，而且真的很適合現在的情況。無論是現在加班做完還是明天再做完，甚至是未來的某天才做完，我的事情終究還是要由我來處理。

於是我就把事情丟給明天的我，大搖大擺地下班去了。每天早上縱身躍入完全無法預測的職場，我覺得自己真的很了不起。

就像即便無法看清自己周遭的情況，但還是要為了擊退壞人而跳入火坑的復仇者聯盟一樣。

#韓國上班族根本是復仇者聯盟等級的英雄
#這是學界的共識
#明天的事情就交給明天的我吧！
#他肯定會想辦法完成

早什麼安啊！才剛打卡就想回家，今天又是來混日子的一天

兒子跟我
是在解決各自的問題

我在看讀小學的孩子寫他的習作。「喔，這是什麼？怎麼這麼難？」我把他的習作拿過來，盯著封面看，上頭寫著「閱讀測驗」，他們要看完敘述很長的題目再回答問題。

「爸，這個讀起來很不方便，可不可以把前面那張撕下來，一邊對照著看啊？」

孩子會這樣想是正常的，因為要回答問題已經很討人厭了，還得要一直翻來翻去，對照題目敘述來回答問題，當然會覺得很麻煩，但我無法感同身受，甚至給了這個正在讀小學的孩子一

個非常現實的回答：

「不行，以後你考大學時會比這更誇張，你知道那文章有多長嗎？你要養成迅速讀完，一邊理解題目一邊解題的習慣。」

「考大學是什麼？」
孩子立刻反問。

「嗯，考大學就是……」

雖然我花了三年的時間準備大學入學考試的閱讀測驗，但被他這麼一問還是無法立刻回答出來。

回想起來，我讀的書和這段時間付出的努力，全都是一些小伎倆。準備大考的時候，國文有很多古文、詩和散文要讀，但我對這些文章一點興趣也沒有，只是為了從問題裡找出我要的答案，才機械式的把那些文章分段來閱讀。數理也是一樣，根本不了解公式的原理，只是像習慣一樣把公式代入問題而已，從來不曾問過「為什麼」。歷史也是，我甚至會把歷史課跟數學課搞混，只是單純地把年度背起來。還有化學，雖然我還能背出元素週期表，可以下意識唸出「鈣鉀鈉鎂……K、Ca、Na、

Mg⋯⋯」，卻不太記得這些到底是什麼。

不光是學生時代，成了上班族之後考的多益也是靠公式來解。我上的多益補習班，會分析多益出題方向，告訴我們要用什麼公式找出答案，神奇的是這些伎倆都有用。面試也是一樣，只要在腦海中想像一個假想人物，坐在面試會場裡，然後再想像我化身成那個人接受面試就好，而且非常有效，我甚至覺得如果沒有這些伎倆就不會有現在的我。

年紀越大就越覺得煩惱。我就像蜉蝣一樣成天飄盪，到處迎合他人的喜好。昨天的聚餐也是，雖然是部門聚餐，但中途卻跟沒受邀的人併桌，對方還正好是我最討厭的L次長。幾年前我曾經跟他一起短暫的在專案組共事，當時擔任專案組長的他，對所有事情都持否定態度，對我們在做的事情也有很多不滿，無論主題還是內容他都不滿意，甚至希望報告上面不要出現他的名字。後來幾經波折專案組完成任務即將解散，而我們報告的內容卻意外的獲得大家的好評。

擔任專案組長的他，從那天開始就到處去說所有成果、想法都是他提出來的，甚至說他要帶著不聽話的組員工作，展現自己的領導能力，而我最近聽說他明年居然要升任部長了。

這幾年來我最討厭的L次長居然加入聚餐，我一就定位後就立刻跑去找他，然後幫他倒了一杯酒。「哎呀，次長，您過得好嗎？最近實在太忙了，都沒機會跟您打聲招呼，哈哈。」他一口喝完我倒的酒之後，就對著我們組的人稱讚了我幾句，但我並不討厭他的讚美。

孩子的骨頭比較多

吃晚餐的時候，孩子嘰嘰喳喳地說個不停。

「爸爸，剛才在寫習作的時候，你不覺得那篇文章很神奇嗎？」

「哪裡神奇？」

「文章說小孩的骨頭比大人多啊。」

「是喔？」

根據兒子所說，剛才讀的那篇文章提到說，小孩的骨頭比大人多，有好幾塊骨頭會在成長過程中自然合併在一起。啊，這樣一說，我才想起剛才讀那篇文章的事，因為只是為了解題而做的重點式閱讀，所以一蓋上習作我就把文章內容從腦海中刪除了。

孩子不是想解題，只是想讀文章，我好像太早傳授他一些偷吃步的技巧了。

孩子的骨頭會跟其他骨頭合併，數量漸漸減少這件事，就好像我漸漸跟這個世界妥協，一一放下自己的想法跟自尊心，最後成為一個幾乎沒有自尊的大人一樣。

但也沒辦法，我每天要解的問題實在是堆積如山。

#教育是最困難的
#擺脫你的不安吧！
#拚盡全力跟上吧！

彼此的存在與對方的溫度，
那些溫暖的事物

結婚之後，妻子跟我曾經吵得很兇，但現在都想不起來那時究竟在吵什麼。有時候把孩子哄睡之後，我們會坐在燈光昏黃的餐桌邊，一邊喝咖啡一邊聊往事。

「年輕好是好，新婚的時候就是因為還年輕氣盛，所以才會吵成那樣吧？」太太說。

雖然我只是噗哧一聲笑了一下，但現在真的怎麼也想不起來當時為何而吵。結婚邁入第十年，只要看彼此的眼神就可以知道究竟問題在哪、對方想要什麼。

這好像很自然。第一次結婚、第一次帶孩子，成為大人後的生活，好像什麼都會自然明白，卻也什麼都是第一次。就這樣不斷經歷第一次、不斷碰撞摩擦的我們，如今變得更加世故。

當然現在也不是不會吵，但該說是吵架的模式嗎？還是該說吵架的人的想法都改變了呢？現在已經成了無法分道揚鑣的關係（寫做關係，讀做條件），即使吵架也不會想傷害對方，因為知道即便我們不傷害彼此，這世界上還有很多會傷害我們的事情。

不久前我們因為一點小事爭吵，但氣氛還是很溫馨，雖然開車時有點口角，但還是會照顧彼此。我在說話的時候，很自然地打開太太座位上的加熱坐墊，太太在回嘴的時候，還是遞了口香糖給我。

我們累積的時間與經驗並沒有白費，我們之間的關係，已經超越了難以用愛這個字來表達的那份愛。雖然外表看起來很冷漠，但還是需要彼此的存在與溫暖，我真的很喜歡這份溫度。

#現在就算吵架也不會傷害對方
#因為這世界已經給了我們很多傷害
#比愛更深情

過完中秋後
返家的路上

我成為大學生之後，才終於體驗到年節返鄉的感覺。成為大學新鮮人後迎接的第一個中秋節，第一次體驗過去只在電視上看到的返鄉路，實在是個令人難以忘懷的回憶。在狹窄的火車車廂裡，人們一個蘿蔔一個坑地坐著，那種感覺真的很不錯。我參與了「民族的大移動」，這種微小的參與感陌生卻又熟悉，因為這是過去未曾體驗過的感受。

為了回鄉，大量人潮聚集在清涼里站，那景象真的非常壯觀。明明是在首爾市中心，但卻能聽到熟悉的鄉音，在遙遠的首爾

看見來自故鄉的熟悉面貌，有一種莫名的刺激感。

雖然這不過是十幾年前的事，但也已經過去了。由於為了生計無法回鄉的人越來越多，也因為返鄉的交通方法越來越多，再不然就是家人親友的關係越來越疏遠等等，各式各樣的原因使得返鄉情景不如以往。

所以現在逢年過節，高速公路塞車的景況不再像過去那麼誇張，運氣好的話不用事先訂票也能搭到火車。歷盡千辛萬苦終於回到故鄉，因而更讓人感激相會、更捨不得分開的時代已經過去了。

或許「雖然分隔兩地，但心緊緊相連」這句話，已經不適用於這個時代了……

有兩個詞分別叫做「歸屬地位」與「成就地位」。

從字面上的意義來看，父母是有錢人，而我出生之後也是有錢人，這稱為「歸屬地位」，而自創世以來歷經滄桑、篳路藍縷，不知不覺間擺脫窮苦的身分，經濟狀況逐漸往上爬的情況，則稱為「成就地位」。

如今「山村裡出鳳凰」這句俗諺已經成了過去式，比起那些具備成就地位的人，我們會更羨慕、更景仰那些擁有歸屬地位的人，或許是因為我們終於明白，無論自己的成就地位多麼優秀，終究無法追上那些擁有歸屬地位的人吧。

我既沒有歸屬地位，也沒有成就地位，住在一個平凡的社區、平凡的公寓裡。

中秋連假最後一天，從老家返回工作崗位的車子魚貫開入停車場，我也剛從老家回來，正打開後車廂拿行李，行李就是媽媽日以繼夜地做的小菜和泡菜，分量多到我雙手都拿不完，只能背在肩上往電梯走去。包括我們在內，共有兩家人搭乘這臺電梯。我們家拿著用看起來很土、很老舊的花布，仔細綁起來的各式小菜，而另一家人則是帶著看起來很好推，輪子非常堅固的行李箱，一看就知道剛從國外回來。

「這些都是假象，真的出生在好人家、靠祖上積德的人，現在也不是全都能出國旅行。而完全不靠家庭背景的人，雖然在年節的時候會一起祭祀，但回到家卻會跟自己的配偶吵架。」

幾天前，我在網路上看到這則留言的時候，真的點頭如搗蒜，

但今天我卻覺得那塊看起來格外破舊、俗氣的花布，比那個昂貴的行李箱要更有價值……

雖然大家對年節的想法、返鄉的態度都逐漸改變，有一件事情卻沒有變，而且以後也不會變，那就是看著子女返回大城市的父母親，以及子女回頭看著望向自己的父母，那份平凡但卻百感交集的心意。

#人生就像USB
#方向總是不對
#所以必須要換個方向再插
#後來才發現一開始的方向才對

第四部

自己一個人
罵一罵怎麼樣？

自己一個人
罵一罵怎麼樣？

我曾經在強烈颱風過境之後，看到需要幾個人合抱的粗壯大樹被連根拔起，彷彿會一直堅守在那個位置的大樹，幾百年來肯定也承受了風吹雨打，但世事變化無常，它竟一下就被擊垮了。

不過也有與此相反的情況，那就是竹子。竹子又細又長，高聳入雲，以及非常引人注目的綠色外皮，看起來真的弱不禁風，但無論風再強竹子都聞風不動。專家說祕密就在於「竹節」，竹子每一節都扮演著緩衝的角色，無論風再強也不會被折斷、被拔起，不僅不會彎曲，更不會輕易斷裂。

我只知道用竹筒做成的竹筒飯超好吃，但卻不知道竹子是這麼厲害的東西。

人生也有竹節這種構造嗎？竹節的樣子和角色，就像我們生活的樣貌。我們時不時可以看到名人罹患恐慌症，或做出輕生等極端的選擇，他們看起來過著人人稱羨的生活，但其實就像那些大樹一樣，只是為了賺錢、為了出名，沒有時間好好看看自己，只顧著不斷向前跑的他們，或許就只是擁有好看的，不，或許應該說是擁有感覺很好看的枝枒與葉子，其實沒有任何緩衝裝置，或許他們根本不知道竹節的必要性，也許他們從來沒經歷過，所以不知道竹節究竟扮演多麼重要的角色。

而我們的人生需要竹節，其實也不必特別用「竹節」來做比喻，說得更明白一點，就是我們每個人都需要「抒發壓力的管道」。

我開車算是很小心的人，從一開始就這樣，雖然在日常生活中，無論什麼事情都會一直說快點快點，是個速度至上主義者，但奇怪的是只有開車很慢。早點出門輕鬆一點不是很好嗎？雖然開快一點只要五分鐘就能抵達，但為了只花五分鐘抵達目的地，就要全神貫注不停觀看左右後視鏡、前後視鏡，這樣真的很累。

但這樣的我，有一個無法輕易對他人說出口的開車習慣，那就是「非常婉轉又老練的髒話」，是老練到會讓喜歡罵髒話的奶奶都哭出來，不會太過分卻又能讓聽者瞬間專注的那種髒話，有時我會小露一手給其他駕駛人瞧瞧，當然是只有我自己一個人開車的時候啦。

我所知道的髒話其實沒有很多，每次都只用固定範圍內的髒話，但每次看到那些搶快硬要擠進來的車子，或完全不注意行人號誌，已經紅燈還是硬要過馬路的無政府主義者，就會毫不猶豫地狂飆髒話。啊，當然，我是沒有讓對方聽到的勇氣啦，只是自己罵給自己聽而已。

這是我抒發壓力的方法，花幾秒的時間罵個痛快，這樣自然會感到舒暢，不知道這樣算不算哪裡過度欲求不滿，或根本有嚴重的精神問題。總之，幾句髒話就可以解決壓力和高漲的不滿，而且這個方法也不會對任何人造成傷害，那我覺得應該建議大家都試試看。

壓力大的時候，試著在獨處時罵罵髒話怎麼樣？不是讓別人聽了非常不開心的那種髒話，而是把那些能讓自己產生壓力的話給罵出來。

仔細想想吧，你究竟是怎麼抒發壓力的？該不會沒有抒發壓力的管道吧？這樣下去會不會跟那些被颱風連根拔起的大樹一樣，某天發現自己的人生也被連根拔起呢？

#我說真的
#要配合自己的心情
#真的是世界上最難的事

我是不懂事，
不是沒夢想

我算是「感覺」很敏銳的人，就算不知道正確答案，還是可以憑直覺猜對，所以雖然不是盲目相信第六感的人，但很多情況都告訴我，我的「感覺很準」。

結婚之後我們搬了四次家，全租、全租，那令人厭煩的全租，全租合約的到期日又逼近了，太太吵著說就算硬逼也要買間房子。感覺跟我說這不太對，但我實在拗不贏太太，所以就去參觀了樣品屋。考慮到太太跟我的上班地點，還有她娘家的位置，我們可以選擇的地點並不多。距離目前租屋處二十多分鐘的地方有一個新的市鎮，幾年前那裡還是個完全沒開發的地方。我不帶任何想法，兩手插著口袋去參觀樣品屋，看起來很

不錯，但附近完全沒有任何商店，根本可以說是鄉下。太太說就算貸款也要買下來，但我反對這個想法，因為當時我對這個提議沒什麼感覺。

幾年後那棟公寓開始有人搬入，當時的房地產市場非常糟糕，當然那棟公寓也受到波及，附近雖然已經開發，但我聽說售價跌了一成，果然我的感覺沒有錯。

兼差成功

我要坦白，我其實一邊當上班族一邊兼了很多差，當然所有的兼差都是合法的，也沒有因此影響到正職，我只是想做點新的嘗試，該說是渴望嗎？只有往來於公司和家之間的這種無聊日常，已經無法滿足我心中某個扭曲的部分，於是我展開了兼差生活。

我的第一次兼差生活，就是每個上班族都會做的股票投資。那次不光動用了我經年累月存下的私房錢，還把辦公室抽屜裡的存錢筒拿出來，總共湊了約莫十五萬元。雖然現在還是一知半解，但當時的我真的對股市一竅不通，其實無論到什麼地方，只要超過三個上班族湊在一起，就會開始談論一些股市的皮毛，我對股市的了解也就僅止於此。而讓我正式開設投資帳戶

的契機其實很簡單，就是因為聽了一位在中國分公司的前輩的故事。我們很久沒見面，每次碰面他對中國市場的論述就會越來越長。簡單來說，他就是叫我隨便去買一檔中國股票，要我不要問為什麼，買就對了，我都不知道自己耳根子居然這麼軟。

隔天我立刻買了三檔股票，因為寫著簡體字，所以我根本不知道那些是什麼公司。這個時代真的非常進步，坐在椅子上就可以交易國外的股票，真是讓我大開眼界，但一個月後發生了更讓我驚訝的事，那就是我發現自己的資產變成兩倍。從那天起，我每天早上都會禱告，希望人在中國的那位前輩可以身體健康、平安順遂。新聞說，就連中國的攤販都有在投資股票，買在低點的我後來在高點賣出，離開了中國股市，是非常成功的兼差。

我的第二次叛逆，則是一個有點大的意外。每個上班族都曾經夢想要開咖啡廳，但我並不是沒頭沒腦地去創業，而是跟很久以前就在說要一起開咖啡廳的兩位朋友合夥。我們差不多準備了半年，開始上班之後我從來不曾對一件事這麼熱情，歷經千辛萬苦之後開幕的咖啡廳順利地上路了。掛名共同經營者的我們，開始以各自在公司培養的能力經營咖啡廳，行銷、宣傳、

會計，這三項配合的非常好。在昂貴的弘大精華地段，店租一個月要二十五萬元，當時漫畫咖啡廳這個概念還不普及，我們可說是如入無人之地賺入大把鈔票，甚至連國內排名第一、第二的零售企業，都表達出想要投資的意願，而我們就是從那時開始有了意見分歧。

站在面臨挑戰的十字路口，我們三人自然是非常慌張。本來是為了找點樂子才開始這個事業，但現在卻要取代正職了，偏偏我們這三個共同經營者，都已經被公司給的穩定月薪套住，一點點小小的分歧就使我們變得消極，對咖啡廳的熱情也慢慢冷卻。這時，止好有間企業提議說要收購咖啡廳做他們的文化空間，所以雖然價格有點低，我們還是毫不猶豫地同意出售。雖然花費將近兩年的時間籌備跟經營，卻沒有人感到可惜，反而鬆了口氣。即便沒有賺到什麼錢，但我們一致認為在號稱自營業者墳墓的弘大，這其實也算是一個好結果，這件事就這樣畫下句點。

我第三次的意外，是紛爭多意外也很多的虛擬貨幣，但老實說我是受惠者。當時的我根本不懂什麼是區塊鍊，也不知道虛擬貨幣是虛擬的還是真實的，但就是感覺很不錯。而且從別人那裡聽說虛擬貨幣時，我的心就像投資股市時一樣激動，覺得

「唉唷，這個該買」，於是我投資了虛擬貨幣六個月，而那六個月是我人生中最驚滔駭浪的時刻。二十四小時都能交易，完全不休息的虛擬貨幣，可以在一瞬間讓人變成廢人，讓人無論在吃飯還是看電影，都會時不時看一下交易視窗。

我的感覺這次也沒錯，就像中國股市一樣，虛擬貨幣也是買在低點賣在高點，我賣出後價格雖然又漲了兩倍之多，但泡沫化的速度也非常驚人，我短暫享有不勞而獲的收入，這讓我覺得人生很無謂。

動不動就要面臨的全租合約到期

我們又去看了兩年前看過的那個社區，聽說最近變好了，房價也稍微上漲。哼，滄海桑田這句話是該用在這個時候嗎？原本一片荒蕪，只有公寓大樓矗立的地方，變成截然不同的面貌，公寓旁甚至掛了布條，預告韓國最大的購物商城即將進駐。我自然是帶著啞然失色的表情走進不動產，記憶中以訂價九成出售的公寓，不知不覺間已經漲到將近四百三十萬元，真讓人不是滋味。一直以來不是靠能力而是靠感覺賺來的那些錢，最後全部都用在那個社區，用在購買之前看過的那棟公寓上，而且還不太夠，我這兩年都做了些什麼？總覺得自己好像變成傻瓜，太太最後做出結論，說我那一直自認為「很準」的感覺，

其實只是「自我感覺良好」。這兩年來的兼差明明都成功，但所有的經驗都讓我覺得有點苦。

不過我想這些時間肯定不會白費。

畢竟我已經擁有無論何時何地，都可以花兩個小時，把這種像傻瓜一樣的感覺講得活靈活現的能力。

#既然無法成為李舜臣等級的偉人
#重新投胎十年之後我什麼也不會記得
#所以想怎麼過就怎麼過吧！

衣服山
和副食品的碗

雖然不記得是幾歲時的事，但我的小孩從小就很喜歡Busker Busker的《櫻花結局》這首歌，尤其最喜歡「我們兩人～走在這櫻花飛散的街道上」這句歌詞之後的「喔耶」。他喜歡歌曲的前半段由我演唱，然後再用自己小小的嘴巴喊著「喔耶」，當時還沒辦法把「喔耶」發得很清楚，聽起來比較像是「呃耶」。

不久前我跟他躺在一起的時候，我說：「你那個時候啊……你記得嗎？很喜歡那首歌的時候」，然後就像之前一樣唱起歌曲的前半段，然後他就立刻接著唱「喔嗚～耶～」，現在已經是

小學生的他，可以清楚發出「喔耶」的音了，然後他說以後不要再唱了。在旁看著這一切的太太，清楚記得所有的事情，她說「那個時候？是他二十八個月大的時候啊，好像是在誰家裡，穿著什麼衣服，吃東西吃到一半不小心翻倒，你還生氣……」她記得還真清楚。

我太太請了大約四年的育嬰假，真是幸好她的公司能讓她請這麼久的育嬰假。一生只有一次的育兒機會，她希望能夠花更多時間陪在孩子身邊，而我也同意她的看法。十多年來認真上班、努力生活的她，要離開職場生活肯定經歷一番掙扎，好不容易才做出這個困難的決定，真的很感謝她，時間一久我又忘記這件事了，我真的很感謝她，她讓我很驕傲。

育兒的回憶

在我的記憶中，「育兒就是一場戰爭」。

孩子從母親肚子裡被生出來的瞬間，我們的精神就開始不斷崩潰。因為書跟網路上，都只寫美好的那一部分，所以我們很期待能過上那樣的生活，偏偏現實與期待相反，我們當然不可能像公主或王子那樣養育小孩。孩子雖像娃娃一樣可愛，但卻不像娃娃一樣乖巧安靜，因為孩子晚上不睡覺，令我們總是筋疲

力盡，有一天晚上太太還哭喪著臉說，生活實在太不規律，害她開始掉頭髮，我至今還對太太那像草頭娃娃一樣刺刺的頭髮印象深刻。不規律的飲食跟壓力也讓我們變胖，把電視轉為靜音，一起看著畫面吃宵夜，成了我們唯一的壓力出口。

雖然我也會做些家事，但太太說就算只有一點點時間也好，稍微聽她說一些自己的事情，反而是最有幫助的。以前都無法理解為什麼有媽媽去超市時，還是硬要把小孩帶出門給自己找罪受，但現在卻能感同身受了，因為無論如何都要出門走走，才能稍微轉換心情。太太說即使孩子哭鬧，也希望週末至少要有一餐外食，我說我知道了，這其實不困難，我覺得自己有這麼做的義務，但其實帶全家大小到外面吃飯也會讓大人忙得不可開交，完全食不知味。

太太的壓力還是越來越大，也不像以前那樣晚上會一直跟我說話了。過去無論再怎麼辛苦，她還是會熬夜上網、看書，努力做出有益的副食品，不知從什麼時候開始，就只是拿白米飯泡前一天我吃剩的大醬湯餵給孩子吃。她筋疲力盡，而我想為她做點什麼，於是便向岳母求救，我希望能和太太共度悠閒的兩人時光，雖然也只能利用下班後的兩小時短暫吃個晚餐而已。

我打電話給她，說已經拜託岳母了，要她在晚餐時間到我們公司來。她稍微想了一下就拒絕我。一方面是覺得很麻煩，另一方面是孩子肯定會吵鬧不休，她媽媽也會很辛苦，要我別白費力氣，不如回家時順道去趟超市，但我還是一直吵著要她出門，因為我覺得這麼做多少可以幫助她轉換心情，她用有些不耐煩的口氣拒絕我，但我也很頑強，最後她決定在下班時到公司來等我，我們約好就只吃兩小時的飯。

在電梯裡看見太太的背影

下班時間，太太站在我公司門口，真的好久沒這樣了，新婚時我們還經常到對方的公司去等對方下班……。夜幕低垂，我們朝著我事先訂好的餐廳前進，久違的約會讓我心情很好，但她的心情呢？仔細想想，她在公司門口的時候就感覺有點不自在。

我今天訂的餐廳，是鐘閣的知名高空餐廳，也是我向她求婚的地方，我特別準備了這個驚喜，希望能讓她回想起當時的心情。

但一走進建築物的入口，我就被太太打了一下，她說她不想去，但她以前明明就很喜歡這裡。接著她突然開始生氣，我搞

不清楚她是在對誰發脾氣，我想坐到華麗的餐廳裡，邊看著外頭的夜景邊吃飯，她心情應該就會好轉了。

很多人跟我們一起搭電梯，我們無法並肩，只能前後站著。電梯的速度很慢，我看著她的背影，現在才終於看見，她的頭髮只是隨便梳梳，並用三十元的便宜髮圈綁了起來，還有未施脂粉的素顏，雖然戴著她最喜歡的閃亮耳環，但那副耳環現在看起來卻有些寒酸。接著我突然發現，她穿著的寬鬆棉褲和夾克裡的那件T恤，昨天我就已經看過，上衣的領口甚至已經鬆掉了。因為怕針織材質太粗，孩子的臉磨到會痛，所以她總是穿著純棉T恤，如今那件T恤已經被撐得十分寬鬆，而此刻她正忙著用手機傳訊息：

「媽，孩子哭了就拜託妳哄哄他，我盡快回去。」

雖然很想好好吃頓飯、聊聊天，但話題最後還是回到孩子身上。「唉唷，真的嗎？哇～一定很辛苦」我只能像這樣，在適當的時機回答這句話，接著太太突然說：

「剛才在等你下班時我注意了一下，你們公司的女員工都好漂亮，我都不記得自己是不是也曾經那樣……」

衣服山和副食品的碗

回到家後，孩子一看到媽媽就笑了出來，緊黏著媽媽露出幸福表情的孩子，彷彿讓四周的氣氛變得更開朗了。吃飯時、一起回家的路上，太太的表情看起來一直很彆扭，現在也終於變得比較輕鬆。

太太跟小孩在客廳裡玩了好一陣子，而我則進房換衣服。鏡子前面有一大堆太太的衣服，看起來就像遭小偷一樣，那些都是結婚前她還在上班時穿的衣服，穿在身上顯得幹練又好看。已經這麼忙了，她又花了多少時間拿這些衣服在鏡子前比呢？踏出家門之後，發現鏡中的自己跟平常並沒有兩樣時，腦海中又掃過多少想法呢？⋯⋯我實在感到抱歉，還差點哭了出來。

「今天做了什麼？」
「有吃飯嗎？」

太太說，跟嬰兒打仗的那段時間，最喜歡聽我這樣問，雖然一整天身心俱疲，但還是很喜歡聽到我一進玄關就問她的這幾句話。

我也記得當時說的話。

今天早上太太也一邊畫眉毛一邊搭電梯，她現在早上還是很忙，跟我一樣，前一天晚上吵著說不想上班，但還是毅然決然地到公司，回到家又為了孩子準備晚餐。我決定今天下班回家時，要久違地跟她說幾句話：

「今天很忙嗎？」

「有好好吃午餐嗎？」

「妳們那個部長有沒有又發神經？」

#雖然知道身陷困境
#但還是看不清自己的處境
#不過
#好像也沒有必要硬是要騙別人吧！

拜託閉上那張嘴吧，
要嘛給錢， 不然就幫忙解決

A學弟久違地跟我聯絡，我想他應該是為了炫耀才說要跟我見面，因為不久前我在社群上看到他買了臺進口車的事。

午餐時間，我去赴了這突如其來的邀約，跟他一起回憶起大學時的事。新鮮人時期我很討厭跟學長相處，當然要蹭酒喝的時候是一回事，但真的很討厭聽他們多管閒事。

他們總是會給「主修一定要選○○○教授的課」「報告要這樣寫才對」之類的建議，這些明明都是我自己可以處理的事情，但實在無法阻止他們說三道四。

隨著時間流逝，我也成了別人的學長，我對學弟妹並不是太和善，因為我自己就是這樣，所以也覺得新生時期，應該不會想跟學長姐走太近，唯有A學弟一直纏著我。他總是來找我討論煩惱，而我也喜歡回答他的問題，就這樣，我跟他的緣分至今已邁入第十年。

忙碌的我們總是利用午餐時間碰面。不出所料，一見面他就把
那支曲線平滑，還印有一個超大商標的車鑰匙拿給我看，我馬
上露出「是想怎樣」的表情來回應，他做勢扯了扯自己的頭髮
來回應我的表情。

是我誤會了，他找我的理由不是為了炫耀，而是為了討論煩
惱。

「哥，我該怎麼辦？」

這是他說的第一句話，接著便如滔滔江水般講出他不得不買這
臺進口車的故事。其實他也知道，自己現在的情況並不適合開
進口車，他一直覺得自己的第一臺車應該要是小型車，但同事
的一句話卻造就了這整件事。

「喂，如果是我啊，既然要買就會直接買Avante。」

他想買車的消息，像空氣一樣在同一層樓迅速擴散開來，而這
個消息令辦公室如久旱逢甘霖般復甦過來，年紀相仿的男職員
紛紛圍到他身邊。

「Avante的價格再貼一點就可以買Sonata了啊！」
「反正結婚生小孩之後你就會需要大車了啦。」

他遇到了高手級的「高階海巡署」，好不容易才回過神來，卻發現手上已經握著現在這支非常陌生的車鑰匙。

剛進入職場的A學弟曾跟我說：
「哥，我覺得在我們公司上班，表現出來的樣子比實際做的事情重要。」

其實那時我就感到不安，我覺得職場生活跟工作都不簡單，但如果是一個「要讓人看起來好像有在做事」的地方，那我可以輕易在腦海中想像辦公室的氣氛會是什麼樣子。

首先，他們做事效率不會好，因為這樣才能坐在位置上比較久，而在這樣的氣氛之下，辦公室裡肯定會有很多大家看不見的時間被浪費掉。既然要偷時間，那就得用其他的東西去填補那些空白，最適合、最簡單的就是「管閒事」。

高中時政治經濟課上曾學過「需求與供給」，我非常喜歡這個法則，彷彿在說明世界上的所有道理。供應量少於需求量時，

價格當然就會提升，相反地當供應量大於需求量時，東西就會變成沒用的垃圾，不過我堅信不移的「供需法則」也有行不通的地方，那個地方就是職場。

尤其在愛管閒事這一點更是如此。**職場上大多是上司在管人閒事，卻幾乎沒有人需要別人多管閒事。**即便如此，愛管閒事的供應者仍屬於處在絕對優勢的「買方」，所以那些「賣方」便非自願地成了需求者。明明無論到哪愛管閒事都是沒用的垃圾，但卻因為這樣而使得這些供應者繼續管別人的閒事。

簡單點⋯⋯再更簡單點

一頓午飯的時間無法解決他的煩惱，於是我們下班之後又約在海鮮湯店碰面，我對著正撈起海鮮湯裡載浮載沉的蝦子，努力把蝦頭拔下來的學弟說：

「蝦頭要一起吃才好吃，你真是不懂蝦子的美味。」

瞬間，他以非常震驚的眼神看著我，然後突然開始說起他大學時的事情。

「哥，你知道為什麼那時我一直黏著你嗎？因為你不會干涉我的事情。其他學長姐都會對一些事情說出屬於自己的答案，但

只有你不會給我一個明確的回答，所以我才會去問你，跟你的對話該怎麼說……就是很簡單。」

「簡單什麼……」

我有點洩氣的碎念著，一邊拿起湯勺攪動我面前那鍋海鮮湯，一開始很清澈的湯，因為跟這些海鮮攪拌在一起而漸漸變得混濁。

參雜了許多事物、感受過各種體驗之後，味道就變複雜了。而我就像這鍋湯，雖然口味比較清淡，但怎麼說也在社會上打滾了一陣子，清淡的湯裡加了太多海鮮，現在根本看不清楚鍋裡到底是什麼情況。

看著面前那鍋海鮮湯，就好像看到我自己的情況。不需要繼續攪拌，失去方向的湯勺就這麼隨意地放在已經充分攪拌的海鮮湯上頭。

#對我的精神健康有益的話
#你懂什麼 #所以呢 #好der好der
#你感覺像海鮮味 #而我感覺像屎味

請問……
你的大腦缺少過濾功能嗎？

「至少崔部長在家裡是個不錯的爸爸。」

當我莫名其妙被崔部長痛罵一頓之後，跟我同期進公司的同事一邊喝咖啡一邊說出這句話，雖然是為了安慰我，但聽起來卻很刺耳。

事情是這樣的，我們必須針對與其他部門合作的事業，來製作一份宣傳資料，這件事情由我負責。宣傳資料的內容、排版到設計都由我統籌，我配合時程完成內容跟排版之後，取得了兩個部門的確認，接下來就要發包設計。設計是個專業的領域，尤其要外發的介紹資料更是如此，於是我便請長期跟我們公司合作的設計外包業者，提供三個設計草案，這三個設計都讓

人很滿意，因為是業界相當知名的設計公司，所以我不怎麼擔心，當然兩個部門的人也都頻頻稱讚，但整件事情偏偏在合作部門的崔部長那裡卡住了，他最出名的地方就是說話不經大腦，無論什麼事情都愛裝懂。

「不對不對，這種設計沒辦法讓客人注意到，自古以來設計就是要強調容易閱讀，文字應該要多一點才對。」

容易閱讀跟文字多，這兩個條件有辦法同時完成嗎？我有點搞不清楚。

這次的資料是用資訊圖表製成，是個對任何人來說都一目瞭然的呈現方式，但他卻無法理解這種盡量減少文字說明，利用圖表幫助大家更容易理解事業概況的資料。當然，設計這件事是沒有正確答案的，不過除了崔部長以外，幾乎所有人都說好不是嗎？崔部長接著說：

「我就是一般大眾，一般人！你會不會太追隨流行啦？去請設計公司多提供幾個草案來。」

我實在無話可說，現在該怎麼演下去才好？既然我們兩組當中

資歷最深的崔部長這麼說，其他組員也無法多說什麼，他們只能對我投以同情的目光。

幾天後，我拿了他想要的散文式設計給他看，其實我已經事先分享給其他組員，大家都給了差評。由於這個項目本身就很複雜，所以無論怎麼縮減文案，我都還是覺得不適合用這種大量文字的設計。

崔部長靜靜地看著設計草稿。不知道為什麼，他把眼鏡推到頭上，整張臉貼著那張紙，靠得很近去閱讀紙上的內容，接著又開始長篇大論：

「這樣不對啦，太難懂了，字太多是要怎麼看？最近不是很多人都畫圖，用漫畫來解釋嗎？你不知道嗎？啊……那是最近的流行耶。」

「你說資訊圖表嗎？」

「對，就是那個，就是什麼沉浸式設計啊，不是有那個嗎？我很懂現在年輕人的流行趨勢啦，我啊，我女兒可是大學生……（以下省略）。」

崔部長也不是第一次這樣反反覆覆了，其實他根本完全不在乎設計長什麼樣子，我沒事跑去跟他報告才是自找麻煩。

在這個時候，我應該要避免自找麻煩的，但最後我還是打斷了他的話。

「部長，您是想起我上次向您報告的資料了嗎？那個就是資訊圖表喔。」

崔部長的臉瞬間脹紅，周遭的視線都集中了過來，我傷到了部長的自尊心，他不懂裝懂，而我戳破了這層假象。崔部長從位置上站了起來，用比剛才更高、更大的聲音開始罵了起來：

「奇怪，我是叫你做了什麼不該做的事嗎？你這個態度是跟誰學的？怎麼可以這樣對長官！」

「不是，我不是那個意思，只是您一直變來變去……」

「我只是要你多準備幾份草稿，這樣有錯嗎？打個電話給合作廠商就能解決的事情，到底是在搞什麼啊？你的能力只有這樣嗎？我工作二十年了耶，什麼都很清楚，聽我的就對了！我當年啊……」

從這裡開始，我的思緒就飄去想今天下班要去超市買什麼了。因為他唸的比想像中還久，所以我好像還思考了一下要買的東西都放在超市的哪個位置。

騷動好不容易平息，幾天後我又準備了其他的草稿給他看，最後他選的是我第一次給他看的那一份設計稿。

「對，其實我一開始就覺得這個很好，辛苦了，還有上次的事情你要好好反省，把我的建議聽進去，因為是我，所以才不跟你計較，我當年啊……」

他的三寸不爛之舌浪費了我大把的時間，也讓很多人受苦。後來我才聽崔部長底下的人說，跟他一起工作，無論是誰都會遇到這樣的情況，他說的話大部分都不經大腦，自己也想不起來自己到底說過什麼、做過什麼，所以有時候真的會想把他的舌頭給拔掉。

「至少崔部長在家裡是個不錯的爸爸。」

至少這樣的他在家裡是個好爸爸？那是要我怎樣？他在家裡是不是好爸爸、好先生，跟我有什麼關係？那個把他家庭狀況告

訴我的同事，真的是有夠多嘴耶。

人最大的問題果然就是那張嘴，還有從嘴裡吐出來的那些話，沒話可說的時候最好就是閉上嘴。

如果你的大腦不懂得過濾什麼話該說、什麼不該說，就不要想著不懂裝懂，也別想隨便感同身受或是安慰別人。

#我當年啊！
#不要再說這句話了
#我是來工作的不是來聽你的人生故事

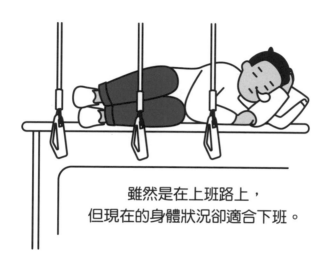

雖然是在上班路上，
但現在的身體狀況卻適合下班。

....

居然給了我這樣的幸福

最近很流行「小確幸」這個詞，在這之前則是「揮霍趣」，韓國還有「YOLO」之類的詞彙。在日常生活中感受微小但確實的幸福簡稱為「小確幸」，而賺一點點也就只能存一點點，不如賺多少就揮霍多少，讓自己活得開心一點則叫做「揮霍趣」，這兩個詞彙雖然天差地遠，但卻經常出現在類似的情境中。

對於這種生活的方式、用以減輕生活壓力的方式，其實各方的意見都不太一樣，也會因為當時社會的條件而有所不同。

不過活了三十多年，我也發現有一些從來不曾改變，絕大多數人長時間以來一直堅持的生活方式，那就是「平凡就是最好的生活」，還有「你知道平凡活著有多麼困難嗎」這之類的想法，或許這跟小確幸也有異曲同工之妙。

也是因為這樣，我不喜歡小確幸這個詞，或許是因為我用非常扭曲的觀點來看這個詞也說不定，但總覺得小確幸就像是在對我說：

「喂，反正你也幹不了大事，可以過這種生活就要懂得感激啦，讓你這樣平凡地活著，你膽子就大了起來，不知好歹了是嗎？」

我覺得因為自己這輩子沒成就什麼大事，好像就得鞠躬哈腰地說：「是，是，哎呀，您居然給了我這樣的幸福」。雖然沒有能力也沒有財力可以讓自己揮霍一番，但好好的揮霍一下反而還能感受到比較深刻的幸福吧？

所以啊，我願意放棄那些日常生活中小而確實的幸福，以此做為交換，希望能讓我在韓國江南擁有一棟房子。

我想起小時候，每當下雨時就會在運動場上玩的遊戲。
「蟾蜍啊蟾蜍啊，請讓我擁有一棟房子吧！……」

我想從那時開始，我的想法就已經跟小偷沒什麼兩樣了吧！

#榮華富貴什麼的
#我可是超想要的呢！

喔，我的神父

大學時期，我是生人勿近的頭號人物，請不要誤會，這是因為我太愛玩了，更具體一點地說，是我實在太愛喝酒了，尤其會一直勸身邊的人喝酒（聽說是這樣）。是因為那時酒喝太多嗎？還是逼太多人喝酒呢？我彷彿遭到報應，現在已經幾乎不能喝酒了，因為身體會產生抗拒反應，已經完全無法喝酒，這跟意志力沒有太大的關係。反正大學時的我沒了酒就是一具行屍走肉，有好幾個同學都因為不幸跟我一起出席同一個酒聚，而留下難堪的過往。

但還是有始終不屈服於我的淫威，甚至是反過來讓我對他心生敬畏的一個同學。我跟他是從骨子裡就完全不同的兩個人，他

是個行為端正，對任何人都十分親切的人，聽說出生到現在從來沒罵過髒話，當然也不喝酒，更不喜歡讓別人看到自己散漫的樣子，所以我都叫他「神父」，每次我叫他神父的時候，他都會這樣回答：

「不要這樣叫我，我從小常去佛寺，你們這樣叫我，我反而對神父很不好意思。」

我很羨慕他，他的光芒以及表現出來的端正，是我無論如何努力都無法擁有的東西，他當兵時的放假期間，甚至不曾罵過自己的上級，難道他還曾經想過做為軍人，該如何努力來報效國家嗎？

今天是大學同學會的日子，我之前一直以忙碌為藉口推託不出席，這次久違地出席，見到了很多懷念的老面孔，大家都沒變。當然聊天的內容都圍繞著職場生活，這時我看了看四周，很好奇「神父」有沒有來，他是個很安靜的人，在人群之中很不顯眼，但他明明有說會來的啊。

不知道過了多久，我發現另外一桌起了騷動，也聽到一個陌生的聲音，是他，我的神父。我第一次聽到他這麼大聲，覺得有

些陌生，他短暫地跟我對上眼，然後繼續把剛才的話說完，而我呆站在那，盯著他的嘴巴看了好久，連當兵時也不曾罵過上級的他，竟然在大聲說話。

「拜託，只要不看到社長那傢伙，我就真的他Ｘ的幸福，拜託，他Ｘ的混蛋，那傢伙，有夠ＸＸ，你們知道我今天又怎麼了嗎？」

他突然要看著他的嘴巴發呆的我喝杯酒。

「喂，Ｘ的，我一直他Ｘ的在等你，他們真的他Ｘ的很不會喝酒，都沒人可以陪我喝，沒人陪我啦。」

我曾經景仰的，我的神父、我的回憶與期待，就在一瞬間崩潰了。

韓國的職場到底多麼可怕，竟然能讓我的神父變成這個樣子，喔，神啊。

#懸浮微粒雖然是危害
#但公司對身體的傷害更大

「地獄朝鮮」
所有權之爭

市中心的某個地鐵站有轉乘用的連通道，我常常經過那條連通道，而那條路總讓我感到挫折。

那條長約二十公尺的連通道，掛著一個看板，寫著「人生大前輩給大家充滿希望的訊息」，下面寫著他要說的話以及他的年紀。這個人年紀介於65到80歲之間，雖然我不知道究竟有誰把他當成前輩看待，但他竟然大言不慚地稱自己是「人生的大前輩」，而且還把這些前輩的建議掛在地鐵的連通道，讓我每次經過都覺得很痛苦。

「只要年輕，就有無限可能。」

「只要以愉快的心情工作，隨時都可能成功。」

「無論如何都要克服，年輕就有希望。」

人生的大前輩對我們這些晚輩說的話，真是空虛又不切實際。

我們活在「地獄朝鮮」的年代，雖然這個名詞現在聽起來已經有點過時了，而且地獄朝鮮這個名詞，已經陷入「所有權之爭」好長一段時間。這場紛爭的當事人，是活在地獄朝鮮年代的「時下年輕人」世代，以及主張自己年輕時才是地獄朝鮮年代的「人生前輩」世代。

為什麼他們要主張地獄朝鮮屬於自己呢？

現在的年輕人認為，最能代表他們的關鍵字就是激烈與競爭。描述IMF金融危機來臨之前的電影《分秒幣爭》前半段，出現了這樣的畫面：公司忙著招募新進人員，就連才剛剛完成最終面試，仍在訓練階段的新進員工，公司都會發薪水給他們，因為這些人很可能訓練到一半就跑去其他公司。

這個畫面難道是虛構出來的嗎？

在1980～90年代當時，我們可以輕易地在報章雜誌上看到主要企業招募人才的廣告。當時大學畢業之後，就立刻有好幾個工作機會可以選，即使是較難進的公司，其競爭率也不到現在的十分之一，公務員的競爭率更是不用說了，但隨著時間流逝，現在的競爭率已經到了令人望而生卻的程度。

人生前輩世代則認為，代表他們的關鍵字是努力。

在他們那個年代，星期六不僅要上班，加班更是理所當然。維繫家庭和樂的時間？真是連作夢都不敢想，有些人甚至說如果能處在像現在這種天堂般的工作環境中，那要他連續熬夜四天三夜工作都沒問題。他們最常掛在嘴邊的就是「現在的年輕人真的是吃飽撐著」「不夠努力啦！」之類的話。

這些前輩，甚至會斥責重視自律與創意的現代年輕人，對他們來說，犧牲與團結比自律與創意更崇高，但他們之所以能夠這麼拚命努力，是因為付出一定的努力，就能獲得相應的成果，當時整個社會正不斷地成長，就只是這樣而已。

請不要妄想連「地獄朝鮮」都搶走。

韓國作家朴婉緒在1975年曾發表過一部短篇小說，名叫《被偷走的貧窮》。

在工廠裡工作的主角，在工廠裡遇到一位氣質高雅的男性，並對他心生好感，進而真心喜歡上對方。可其實那個男的是為了在放假期間體驗貧窮，而暫時到工廠上班的富家公子。雖然主角認為對方是因為喜歡自己才願意同居，但對方只是為了體驗貧窮才這麼做，富家少爺希望透過這個經驗，讓自己的人生閱歷更加豐富。最後被獨自留下的女主角哀戚地說：

「……我作夢也沒想到，有錢人竟然會覬覦貧窮。（中略）當我最深沉的絕望、我的貧窮被偷走之後，我才終於領悟。」

節錄自朴婉緒《被偷走的貧窮》，P. 442～443，民音社出版，2005年。

現在的地獄朝鮮所有權之爭就有點像這樣，人生的前輩輕率地試圖同理當代年輕人經歷的貧窮，好像他們知道現在的年輕人有多麼努力似地。

但他們想做的其實並非感同身受，說得更準確一點，是他們假

裝感同身受，其實只是想炫耀自己的過往。不，或許他們並不能滿足於炫耀，而是想更進一步地將現代年輕人經歷的辛苦偷走，讓他們的過去更加風光。

什麼充滿希望的訊息啊！……

地鐵裡還掛這種東西真是誇張。

明明無法感同身受現代年輕人為何辛苦，卻還說什麼「可以做得到」「享受就好」「可以成功」之類的話，在那邊假裝自己是前輩。

至少我不會以前輩的身分，去貶低年輕世代的努力，或是輕易地想同理他們的心情。我覺得那是當代年輕人普遍都會經歷的，屬於他們的人生，希望前輩們也可以對當代年輕人懷抱這樣的態度，希望他們可以放棄假裝自己理解現代年輕人正在經歷的苦難，但又回過頭來怪他們不夠努力，還傳達一些什麼充滿希望的訊息。

掛著他們膚淺同理心的那條連通道……，由於我在青春的火苗即將熄滅的年紀，沒能做出什麼成就、由於我曾經相信以愉快

的心情工作就能夠成功，但卻在不知不覺間輸給了無法享受工作的現實，不，應該說是由於我認為未來也不可能成功，所以每每經過那條通道時，都令我感到挫折。

他們用膚淺的幾句話，偷走了我一直以來的辛苦，讓我感到深深的挫折。

#說什麼鬼話啊！
#好啦我知道了
#拜託放點真正有希望的訊息好嗎？

某個上學時間的風景

某天我突然跟公司請假，當然組員們都不是太開心，但我覺得自己應該需要休息一下，因為這兩星期是結案期，我幾乎都在加班。雖然不是常常這樣，但偶爾我會像這樣，沒什麼特別的事情還是會請假，讓自己平日也可以休息一下。平日的休假可以讓我過得非常普通，不必特別跟別人來往，享受屬於自己的時間，這也是職場生活唯一的出口。

我們是雙薪家庭，早早就搬到老婆的娘家附近，從孩子上幼稚園時開始，就跟岳母簽下了不公開的合約，她每天早上會來我們家上班，身邊的人都很羨慕我們家的孩子有祖父母接送上下學，在這個貧瘠的現代社會，或許這真是非常好運的事情。昨天晚上下班時，我臨時通知岳母可以放假一天，她非常開心。

平日早晨就是在打仗，我跟太太都忙著準備上班，而岳母會早早到我們家來把孩子叫醒，幫忙準備孩子的早餐，我們夫妻看孩子起床之後，就會急忙出門上班。之後的事情就不清楚了，像是孩子怎麼洗臉、穿什麼衣服、怎麼揹書包出門等等，孩子就在我們幾乎沒有盡到父母責任的情況下，升上了小學一年級。

那天雖然是個與平日無異的週間休假日，但還是有一些不一樣，因為這是孩子上小學後我第一次在平日請假。幼稚園時可以稍微晚一點到學校，所以我也不會覺得太有壓力，能跟孩子天南地北地聊天、慢慢吃早餐，揹著跟昨天一樣的背包也沒關係，偶爾還可以向幼稚園請一天假帶他出去玩。

但小學的壓力非常大，稍微遲到一下下都不行，要準備的東西也非常多。看著課表準備就已經很累人了，今天下課之後學校還有兩個活動，所以必須帶羽毛球拍和圍裙。太太跟平常一樣忙著準備上班，當然過程中她也有幫忙孩子準備上學，會對我下各種指令，但我的速度實在是跟不上，雖然想做孩子喜歡的香腸炒飯，最後只能拿海苔粉拌飯，再加幾滴麻油給他充當戰鬥糧食。8點40分，我們拚盡全力出門了。

我一邊稱讚當初決定搬到學校旁邊的自己，一邊牽著孩子的手奔跑。原本一直覺得很寧靜的小學，正門口擠得水洩不通，我腦海中短暫閃過「沒想到這個空間竟這麼有人味」的想法。第一次看著孩子走進校門的背影，我不禁流下一滴淚，然後才轉身離開，接著學校正門口再次恢復平靜。

因為從早就忙得不可開交，所以我一直在想等等應該要喝杯濃郁的咖啡，度過一個悠閒的早晨，但走進玄關後我的動作瞬間凍結，因為家裡真是亂到讓人以為剛剛遭了小偷。太太準備出門時隨手放置的睡衣、毛巾，以及散亂的梳妝檯都還算好，更頭痛的是掉在地板上的戰鬥糧食殘渣，以及亂七八糟敞開著的抽屜，跟著孩子動線散落的衣服等等，出門前忘了關掉的抽油煙機聲，現在聽起來格外刺耳，看來悠閒享受早晨的咖啡時光確定化為泡影了。

整個上午我都在打掃、整理，然後用剩下的戰鬥糧食解決早餐，但可能是因為加了太多海苔粉，所以吃起來很苦，對孩子真是抱歉。突然想起不知道有沒有把水瓶放進他的背包裡，往流理臺一看，才發現應該要放進背包的水瓶仍孤伶伶地站在那。

12點40分，依照貼在冰箱上的時間表來看，我還有兩小時。因為遭逢意外的變故，使得休假日的上午就這麼泡湯，但剩下的兩小時我希望可以悠閒地度過，於是便拿著之前買好的雜誌，前往家門口的咖啡廳。那間咖啡廳才開幕兩個多月，每天下班時我都會看著這間咖啡廳想：「客人這麼少，要怎麼撐下去啊？」

但現在是平日的12點40分，那間咖啡廳竟座無虛席。社區裡的媽媽們三三兩兩地聚在一起熱烈聊天。因為以為沒有客人，所以我穿著拖鞋、到膝蓋的運動褲，那副模樣實在太過落魄，讓我稍微煩惱了一下到底要不要進去，但因為實在沒有再回家去換衣服的時間，所以我就找了個角落的位置坐下開始看起雜誌，偏偏我的耳朵很快專注在別人的對話上。

對話從連續劇跟說別人的閒話開始，接著自然導向跟教育有關的話題，託她們的福，我聽到了許多意想不到的高級資訊。今天早上送孩子上學之所以會忙成這樣，其實是因為他種的花豆枯萎了，幾天前孩子開始在家裡種花豆，事情本來就已經夠多了，為什麼還要種花豆，這真的讓我非常不開心，偏偏花豆還選在今天枯萎，這也使得孩子從一早就哭哭啼啼。她們的對話中也同樣提到花豆，一位媽媽提到有個方法可以很快把花豆救

活，我在她說完時，還不禁「喔」地讚嘆了一聲，同時也得知全國大部分的小一生都有在種花豆。

下午2點30分我再度前往學校，學校正門又是人聲鼎沸，彷彿一直以來都是這麼多人。孩子們從校門湧出，還有幾位站在門口的導護媽媽，她們的螢光背心前面寫著「警衛媽媽」幾個字，這時我突然想起，早上也有看到穿著綠色背心，上頭寫著「綠色母親會」的幾位媽媽。

我遠遠地看見孩子，他室內鞋的包包上掛著羽毛球拍，手上還拿著活動課上做的作品，砰砰砰砰地向我跑來，我伸手接過他的背包和手上的物品，發現背包真的不輕。接著身邊開始更加吵雜，黃色的補習班娃娃車，還有穿著道服的跆拳道老師都加入接小孩下課的行列，讓現場更加混亂，而學生們就這樣又被帶到其他地方去。

我的孩子3點也要去補習班，雖然心裡希望他「今天就跟爸爸一起玩」，但卻沒辦法付諸實行，只能在校門口的麵包店買點心給他吃，然後就送他到補習班去。

而我又有了一個小時的空檔，但一小時也沒有長到能讓我去什

麼地方轉轉，所以就在學校門口，找了一個位在樹蔭下的長椅坐了下來。媽媽們又開始三三兩兩地在附近聚集，她們的對話又變得十分熱烈，警衛媽媽仍守在正門口。我還以為「早什麼安啊」這句話只適合用在上班族身上，沒想到學校門口的媽媽們看起來也沒能享受一個美好的早晨，只是打扮跟地點不一樣而已，大家都還是在自己的位置上，盡全力做好自己的分內之事。

#雖然並不想聽到早安
#但卻想祝別人有個美好的夜晚

多少變公平了

2016年上映後大獲好評的電影《樂來越愛你》，描述的是一對男女的夢想與愛情，以及他們無法在兩者之間取得平衡的掙扎樣貌。他們渴望同時獲得夢想與愛情，最後卻只能實現自己的夢想。觀賞電影的過程中，他們的愛情無法成全這件事始終讓我感到揪心，是一部在我心中留下深刻餘韻的電影。在電影播畢跑出工作人員的名單時，我仍坐在位置上沒有移動，同時我也覺得幸好他們的愛情沒能延續下去。畢竟完美實現夢想的兩人，若在愛情上也得到圓滿的結局，可能會讓部分觀眾感覺自己像條魯蛇。

兩人初次相遇的那天，女主角美雅正為了尋找自己的車，按下汽車的遙控按鈕。

「Put the clicker under your chin. It turns your head into an antenna. Probably gives you cancer, but you find your car more quickly.」

男主角塞巴斯蒂安說，把汽車遙控器放在下巴下面再按下按鈕，會更快找到車子，但又隨口胡謅說這樣也可能會得癌症，當然，人並不會只因為按下一次按鈕就得癌症。

如今我年過35，奇妙地感覺到身體已經大不如前，肚子也一天比一天更大，而大家都說這很正常，尤其跟我同病相憐的人，更是異口同聲地說本來就會這樣。

「喂，這很正常啦，這就是老化的證據，荷爾蒙這東西啊……反正你就是拿它沒轍。欸，總之你不要有壓力，喝了再說，快喝。」

這群人加完班以後總會聚在一起，一邊喝啤酒一邊啃炸雞，聽完他們這麼說，我反而覺得事情不該是這樣。這不正常，根本是過去我自己對這副身體施加的折磨所造成的改變。

日常生活就是不斷的惡性循環

對我來說，每天早上起床從來就不是輕鬆的事，我只能逼迫自己起床，就像有人抓著我的頭髮硬拖出來一樣爬出被窩，然後再逼迫自己去上班。到公司之後，會攝取咖啡因以幫助自己打起精神，彷彿一直以來都是如此，而這對身體來說其實都是壓力，壓力則會讓人想吃口味較刺激的食物，於是午餐總是吃得又辣又鹹，接著又進入咖啡因攝取與壓力的循環。

雖然勉強逼迫自己下班，但又開始擔心起晚餐。為了慰勞辛苦的自己，想要好好吃一頓飯，可是實在沒時間也沒那個精力，只能囫圇吞棗地填飽肚子，這使得肚子更不舒服。時間已經超過晚上9點，實在令人忐忑不安，如果就這麼結束一天，彷彿無法享受自己的生活，基於無論如何都想抓住這個夜晚的心態，便配著一瓶啤酒，一邊觀看電視裡笑著的那些人，來填補自己空虛的心，而我的睡眠時間則慢慢減少。明天很快就會來到，但不過是重複今天的過程。

塞巴斯蒂安接著對美雅說：

「You don't live as long, but you get things done faster, so it all evens out.（雖然無法活很久，但妳可以更快抵達妳要去的地方，這很公平。）」

今天的生活會跟明天一樣，明天的生活會跟後天一樣，而我們這樣折磨自己的身體、放棄夢想，究竟是為了什麼？如果繼續像現在這樣工作，真的能夠抵達我想去的地方嗎？能夠更快抵達嗎？

至少我在職場上不是「話題人物（insider）」，但也不完全是邊緣人（outsider），沒有誰要求我扮演這樣的角色，是我自己創造這樣的形象。雖然曾經為了成為「話題人物」而努力，但這實在太辛苦，於是我放棄了。要當話題人物，晚上必須常常跟大家一起喝酒，週末也要跟大家一起打發時間，我很不喜歡這樣。講得誇張一點，他們刻意形成一個小圈圈，一群一群好像很團結的樣子，實在是令人作嘔。

或許是因為這樣吧，我進公司後一直很認真，總是做出比別人更好的成績，**但在職場打滾十多年，我覺得自己已經過了靠這些成績獲得認同的年紀，該說是有種到了極限的感覺嗎？**

而犧牲自己的時間與健康，成為「話題人物」的那些人，好像更快抵達自己想去的地方，我所能做的只有憤怒。

但……雖然不想承認，我卻也覺得這樣很公平。

都已經快要40歲了我才開始煩惱：

「以後該怎麼活？」

我跟小學一年級的孩子並肩坐著，一邊吃冰棒一邊聊天。

「你長大以後想做什麼？」

「科學家。那爸爸呢，長大以後想做什麼？」

「爸爸喔？嗯，不知道耶，當個好爸爸……？至少我不會用下巴去按汽車遙控器。」

「那是什麼意思？」

「你不知道也沒關係，應該說永遠都不用懂也沒關係。」

\#出勤記錄良好工作能力也很優秀
\#但看起來就是不夠熱情
\#這到底是什麼意思
\#看來是不知道其實是你們給的薪水不太夠吧！

不熟悉不是錯

上班族對公司的要求只有一個，那就是休假，但即便是法律保障的休假，上班族也很難真的用到，更諷刺的是年資越長就越難休，反而是菜鳥時期，前輩或部門都會積極建議新人去休假，當然一方面也是因為新人在不在辦公室都沒關係。不過年紀越大，休假之前要考慮的事情就越多，更要看別人的臉色，於是我們經常會看到部門主管休假當天下午，還是會默默地出現在公司。

我在其他文章說過，我們公司是各自負責各自的專案，所以有沒有同組的同事其實沒有太大的幫助。當然需要人手的時候大家還是能互相幫忙，但平常不會干涉彼此的事情，所以我們還算可以自由使用休假，大家會依照自己的情況，在不給他人添麻煩的情況下請假，而就在這樣的機制之下，某天卻在K代理

向部長報告説要休假時發生了一件事。

「部長，我的假剩太多了，我希望在十二月初一口氣用掉十天的休假。」

所有人都全神貫注聽著這段對話，這是當下大家最關心的事情，也是一個全新的嘗試。我突然產生「雖然今年已經用掉很多休假，沒辦法這麼做，但明年也希望可以這樣請」的想法。部長好像稍微煩惱了一下，正當我們覺得這段沉默好像太久的時候，部長開口了：

「喂，你是多了不起，憑什麼請十天假啊？這樣回來公司就沒有你的位置了。」

雖然他很快接著説「開玩笑的啦，開玩笑的」，但隨即又煩惱地自言自語説「啊……十天啊？可以嗎？」

K代理是精明的八年級生，他並沒有把部長的話當成玩笑，接著便連珠炮似地回答部長的話：

「我之前太忙了沒辦法休假，所以想把剩下的假一次休掉，

不會對工作帶來任何影響，當然，我還是會帶著筆電以防萬一。」

當下這個情況，我覺得很適合用最近的流行語「氣突冷（氣氛突然冷了下來）」來形容。部長整個人往後一靠，雙手抱胸，整個部門的氣氛突然沉了下來，我也很慌張。看了看四周，年資比我淺的後輩都贊同這個做法，但年資比我深的前輩都緊皺眉頭。我稍微煩惱了一下，不知道該選哪邊站，這時A次長冷冷地說：

「K代理，你話不能這樣說，這就太不懂事了。如果只是因為你想這樣，就一口氣休這麼長的假，那會影響到整個部門的士氣。」

正在煩惱該站在哪一邊的我，決定偷偷站在後輩那一邊，因為我知道A次長的假早就已經全部休完了。

根據某個問卷調查結果，韓國上班族的年假日數是全球最低，即使沒有特別寫出出處跟詳細數據，大家應該還是深有同感。有些人的假甚至低於這個標準，只要想一下那些雖然請假但還是來上班的人就知道了。該說是要吃過肉才知道肉的美味，休

過假才懂得休假的美好嗎？休假也是一樣，對從來沒有好好休過假、享受過假期的韓國上班族來說，年假只是空中閣樓，是一個雖然屬於我卻又不能為我所用的存在。不過我深刻地感受到，在新世代進入公司之後，這個想法開始漸漸改變了，我說的就是勇敢提出個人意見的K代理，以及用眼神支持他的後輩們，冷冷地在一旁幫腔的A次長，肯定也能感受到這些視線。

對我們這個世代來說，因為不曾休息過，所以說要去休假就很不自然，因為不曾早早下班、早早回家，所以晚上加班就成了自然而然的事。

雖然這是個很困難的請求，我感到很抱歉，但還是希望年輕人可以快點改變這個文化。像K代理一樣，該說的話就說出來，不喜歡的事情就說不喜歡，更積極地反應自己的意見，拜託。

#我當年啊休假根本想都不敢想
#我當年也完全沒想到要跟你一起工作

「稱讚」的
正確答案在哪？

媽媽肯定有跟我說過這句話。

小時候我常聽媽媽說:「你腦袋很好,但就是不努力」,我想她這句話的涵義肯定不是「你的腦袋很好,就相信你的腦袋吧」。我是不知道小時候的我是否真的很聰明,但我印象深刻的不是她那句「不努力」,而是「我腦袋很好」這句話,也因為我相信自己的腦袋很好,所以不像身邊的朋友一樣努力,讀書也只是隨便讀一下而已,因為媽媽絕對有稱讚過我是個聰明的人。

近來,親子對話技巧被稱為父母一定要學會的技能之一。舉例

來說像是不要用「做好～的話，就讓你～」這種獎勵式的說話方式，而要稱讚孩子的時候，比起「做得真好」，更應該要說「○○啊，媽媽覺得這個ＸＸ你能夠做到這個地步，真是太了不起了」，這聽起來有點肉麻，甚至讓人懷疑這種方式會不會反而讓親子關係更尷尬。啊！還有，「你腦袋很好」也是親子對話技巧中禁止的句型，因為會像過去的我一樣，相信自己的腦袋很好而不認真讀書（如果不聽信這句話，我會不會變成一個很優秀的人呢？）。

想要成功嗎？害怕失敗嗎？

人們知道成功有多困難，也透過經驗學習到成功的可能性很低，所以才會「努力」，但比起真正的努力，大家普遍在做的都是「追隨並試著模仿成功案例」，因為這樣在失敗的時候，才不必把原因歸咎於自己，可以轉嫁給他人，可以用自己努力去做了某些嘗試，但最後還是失敗，這也無可奈何的說法來安慰自己。

親子對話技巧也是一樣。由於生活的負擔、職場生活而無法整天陪在孩子身邊的家長，覺得一天才跟孩子說幾句話而已，必須要說得正確，所以才會衍生出這樣的對話技巧吧？

我小時候相信媽媽說的那句「你腦袋很好」，所以就比較少讀書、比較疏於照顧功課，而且也一直相信自己腦袋很好，什麼都做得到，因此做了更多挑戰、累積更多經驗。

相較之下，我爸爸比較木訥，該稱讚我的時候總是只說：「做得好」，爸爸用他的中低音發出的「做」字聽起來就像一個美妙的音符，而最後的「好」字又斷得乾淨俐落，我非常喜歡他用這三個字稱讚我。如果我爸用最近流行的「○○啊，你用黑色的馬牌鞋油幫爸爸把皮鞋擦得這麼亮，爸爸真的覺得你很乖，做得很好，○○啊」來稱讚我，那我可能永遠都不會再幫他擦皮鞋。

昨天傍晚我跟孩子說：「今天晚上你自己刷牙，明天爸爸買熱狗給你吃」，用食物來誘惑他，讓他開心地進浴室刷牙，而太太則在一旁瞪著我，責怪我不該在吃飯時間說要買點心給他吃。我說「這哪有什麼，偶爾也可以用熱狗代替晚餐啊」，然後急急忙忙躲進孩子所在的浴室裡。迅速刷完牙走出浴室的8歲孩子，笑著露出一口閃亮的白牙，對我說：

「爸爸，我可以用我的零用錢買熱狗吃。」

看著他因為我說要買熱狗給他吃，而匆忙去刷牙的樣子，實在不知道為什麼那些以對話專家自居的人，要擔心地呼籲「不能讓孩子熟悉這種獎勵」「他們會習慣把所有的行為都跟獎勵連結在一起」。不，即使跟補償連結在一起也沒關係，這世界本來就是由付出和獲得所建構起來的啊，我們絕對不可能忽視這樣的系統。

我以爸爸的身分來看，覺得我們家小孩的腦袋應該也很好，不過這沒有什麼客觀的根據，就只是爸爸覺得好。我今天一定要跟他說：

「我兒子腦袋非常好，不管做什麼都一定能夠成功！」

\#只希望你健康長大就好
\#只是要健康長大
\#這有什麼問題嗎？

早什麼安啊！ 才剛打卡就想回家，今天又是來混日子的一天

作　　者／安成敏（Ahn Sungmin）
譯　　者／陳品芳

主　　編／蔡月薰
校　　對／蔡月薰、葉瓊瑄
執行企劃／許文薰
美術設計／FE 設計 葉馥儀
內頁排版／鏍絲釘

第五編輯部總監／梁芳春
董事長／趙政岷
出版者／時報文化出版企業股份有限公司
108019 台北市和平西路三段 240 號 7 樓
發行專線／（02）2306-6842
讀者服務專線／0800-231-705、（02）2304-7103
讀者服務傳真／（02）2304-6858
郵撥／1934-4724 時報文化出版公司
信箱／10899 台北華江橋郵局第 99 信箱
時報悅讀網／www.readingtimes.com.tw
電子郵件信箱／books@readingtimes.com.tw
法律顧問／理律法律事務所 陳長文律師、李念祖律師
印　　刷／勁達印刷有限公司
初版一刷／2020 年 6 月 5 日
初版三刷／2020 年 7 月 13 日
定　　價／新台幣 3 6 0 元

時報文化出版公司成立於一九七五年，並於一九九九年股票上櫃公開發行，
於二〇〇八年脫離中時集團非屬旺中，以「尊重智慧與創意的文化事業」為信念。

早什麼安啊：才剛打卡就想回家，今天又是來混日子的一天
　／安成敏作 .
-- 初版 . -- 臺北市：時報文化，2020.06
　ISBN 978-957-13-8168-8(平裝)

862.6　　　　　　　　　　　　　　　　109004435